准爸爸讲故事  准妈妈读童谣

最精彩的胎教故事

主编 夏秀娟

中国人口出版社

我们坚持以专业精神，科学态度，为您排忧解惑。

序言
PREFACE

故事是最好的胎教方法

一直以来，人们都认为“人类智力有80%受到遗传因素的影响”。但最近美国的一个研究小组，通过长期的观察和实验得出了“人类智力只有48%受遗传因素影响，剩余52%与胎内环境有关”的论断。

胎教是什么？就是改善胎儿的成长环境。以上论断告诉人们：胎教是不容错过的，一旦错过就无法挽回。所以，在制定怀孕计划的时候，就必须制定科学的胎教计划。

如何制定科学的胎教计划呢？

在众多的胎教方法中，本书将推荐语言胎教，因为它是最重要、最可行的胎教方法之一。

所谓语言胎教，主要指孕妇或家人用文明、礼貌，富有哲理的语言，充满关怀地对腹中胎儿讲话，给胎儿大脑新皮质输入最初的语言印记，为后天的学习和成长打下基础。

实施语言胎教，最有效也最有趣的方法就是讲故事。本书中的胎教故事，不仅可以作为语言胎教的素材，还可以作为以后的早教素材。本书中的儿歌和童谣，韵律优美，宝宝最爱。每一首儿歌、童谣都如同一个微型故事，有角色、有情节，所以，这本胎教故事也将优美的儿歌、优秀的童谣收入进来，为准爸爸、准妈妈提供一本完整的语言胎教的素材。

孕期实施故事胎教，对母亲和胎儿都是十分有益的。

准爸爸读故事给准妈妈听，能安抚准妈妈的情绪，同时又能增进夫妻感情，其实胎宝宝也能感应到故事和亲情。

准妈妈读儿歌和童谣，其亲情和韵律胎儿更容易感应到、听得到。准妈妈可以在闲暇时、在公园小坐时、睡觉之前进行，这样做既可以给准妈妈增加适当的肺活量，又可以帮助准妈妈更好地调整情绪，进入休息状态，更有利于新生命熟悉妈妈的声音，早早培养起日后的母子亲情。

给胎儿讲故事时应注意以下几方面：

1.准爸爸讲故事时，不仅是面对准妈妈，还要把腹内的胎儿当成一个懂事的孩子，娓娓动听地向他讲述。准妈妈也能通过语言神经将感受传递给胎儿，这样，胎儿就会不断地接受文化氛围的影响，在文化氛围中发育成长。

2.准妈妈讲故事的方式有两种：一种是由准妈妈任意发挥，讲随意编就的故事；另一种是根据本书的儿歌、童谣、童话故事、寓言故事等素材，演绎讲述。每一首儿歌、童谣都能演绎成一个小故事，可以先讲，然后诵读一遍给胎宝宝听。

3.本书故事的内容是由专家精编精选的。若准爸爸从别的书或者网络选择，宜选择优美有趣，又不太长的故事。不宜选择恐惧、压抑和伤感的。例如《灰姑娘》、《白雪公主》等，即使经典也不宜选取。

4.准妈妈姿势要放松，要自己觉得舒服，无论是听还是念，准妈妈精力要集中，其效果必然更好。

目录
CONTENTS

Part1 曾经有一盏明亮的灯：胎教寓言故事

Part3 一起感受神奇的世界：胎教神话故事

Part4 让我们荡起爱的双桨：胎教儿歌

Part5 船儿摇到外婆桥：胎教童谣

Part 1

曾经有一盏明亮的灯：胎教寓言故事

曾经有一盏明亮的灯：胎教寓言故事

当我吻着你的脸蛋儿逗你微笑的时候，我的宝贝，我的确明白了在晨光里从天上流下来的是什么样的快乐，而夏天的微风吹拂在我的身体上的又是什么样的爽快——当我吻着你的脸蛋儿逗你微笑的时候。

001 鱼竿

有个老人在河边钓鱼，一个小孩走过去看他钓鱼。老人技巧纯熟，所以没多久就钓了一满篓的鱼。老人见小孩很可爱，要把整篓的鱼送给他。小孩摇摇头，老人惊异的问："你为何不要？"

小孩回答："我想要你手中的鱼竿。"

老人问："你要鱼竿做什么？"

小孩说："这篓鱼没多久就吃完了，要是我有鱼竿，我就可以自己钓鱼，一辈子也吃不完。"

我想你一定会说好聪明的小孩。实际上，这个小孩错了，他如果只要鱼竿，那他一条鱼也吃不到。因为，他不懂得钓鱼的技巧，光有鱼竿是没用的。大家知道，钓鱼重要的不在鱼竿，而在钓鱼的技巧。

宝宝，这个故事告诉你：看事容易做事难，只有正确评估自己，才能做出正确选择。

002 渔王的儿子

有个渔人有着一流的捕鱼技术，被人们尊称为“渔王”。然而“渔王”年老的时候非常苦恼，因为他的三个儿子捕鱼的技术都很平庸。

于是他经常向人诉说心中的苦恼：“我真不明白，我捕鱼的技术这么好，我的儿子们为什么这么差？我从他们懂事起就传授捕鱼技术给他们，从最基本的东西教起，告诉他们怎样织网最容易捕捉到鱼，怎样划船最不会惊动鱼，怎样下网最容易请鱼入瓮。他们长大了，我又教他们怎样识潮汐，辨鱼汛……凡是我长年辛辛苦苦总结出来的经验，我都毫无保留地传授给了他们，可他们的捕鱼技术竟然赶不上技术比我差的渔民的儿子！”

一位路人听了他的诉说后，问：“你一直手把手地教他们吗？”

“是的，为了让他们学到一流的捕鱼技术，我教得很仔细很耐心。”

“他们一直跟随着你吗？”

“是的，为了让他们少走弯路，我一直让他们跟着我学。”

路人说：“这样说来，你的错误就很明显了。你只传授给他们技术，却没传授给他们教训。

宝宝，这个故事告诉你：对于才能来说，没有教训与没有经验一样，都不能使人成大器！

003 先学会付出

一个人在沙漠中行走，途中遇到了暴风沙。一阵狂沙吹过以后，他迷失了方向。他在迷失中行走了两天，快撑不住了。突然，他发现了一幢小屋。他拖着疲惫的身躯走进了屋内。这是一间不通风的小屋，里面堆了一些枯朽的木材。他几近绝望地走到屋角，却意外地发现了一座抽水机。他兴奋地上前抽水，却任凭他怎么抽，也抽不出半滴水来。

他颓然地坐在地上，却看见抽水机旁有一个用软木塞堵住瓶口的小瓶子，瓶子上贴了一张泛黄的纸条，纸条上写着：你必须用水灌入抽水机才能引出水！不要忘了，在你离开前，请再将水装满！他拔开瓶塞，发现瓶子里，果然装满了水！

他的内心此时开始交战：到底要不要将水倒入抽水井？如果将水倒进去，抽不出水来，自己就会渴死；如果直接把水喝掉，自己就能得救。只是以后再有人来，就没有水喝了。

最后，他决定把水全部灌入看起来破旧不堪的抽水机里，以颤抖的手抽水。果然，水真的大量涌了出来！他将水喝足后，把瓶子装满水，用软木塞封好，然后在原来那张纸条文字的后面，加上自己的话：相信我，这是真的。我把水倒进去，大量的水涌出来。

宝宝，这个故事告诉你：当你面临抉择时，请相信人性的善良。

004 换个角度想

有一天，一个失恋的人在公园哭泣。这时一位哲学家走来，轻声地问她说：“你怎么啦？为何哭的如此伤心？”

失恋的人回答说：“呜——我好难过，为何他要离我而去？”

不料这位哲学家却哈哈大笑，并说：“你真笨！”

失恋的人便很生气地说：“你怎么这样？我失恋了，已经很难过，你不安慰我就算了你还骂我？”

哲学家回答她说：“傻瓜，这跟本就不用难过啊。真正该难过的应该是他。因为你只是失去了一个不爱你的人，而他却失去了一个爱他的人及爱人的能力。”

宝宝，这个故事告诉你：换个角度思考问题，有助于看清问题的实质。

005 说话要看对象

孔子带着他的几名学生出外讲学、游览，一路上十分辛苦。这一天，孔子一行人来到一个村庄，他们在一片树荫下休息，正准备吃点干粮、喝点水，不料，孔子的马挣脱了缰绳，跑到庄稼地里去吃了人家的麦苗。一个农夫上前抓住马嚼子，将马扣下了。

子贡是孔子最得意的学生之一，一贯能言善辩。他凭着不凡的口才，自告奋勇地上前去企图说服那个农夫，争取和解。可是，他说话文绉绉，满口之乎者也，天上地下，将大道理讲了一串又一串，尽管费尽口舌，可农夫就是听不进去。

有一位刚刚跟随孔子不久的新学生，论学识、才干远不如子贡。当他看到子贡与农夫僵持不下的情景时，便对孔子说：“老师，请让我去试试看。”

于是他走到农夫面前，笑着对农夫说：“你并不是在遥远的东海种田，我们也不是在遥远的西海耕地，我们彼此靠得很近，相隔不远，我的马怎么可能不吃你的庄稼呢？再说了，说不定哪天你的牛也会吃掉我的庄稼哩，你说是不是？我们该彼此谅解才是。”

农夫听了这番话，觉得很在理，就将马还给了孔子。旁边几个农夫也互相议论说：“像这样说话才算有口才，哪像刚才那个人，说话不中听。”

宝宝，这个故事告诉你：说话必须看对象、看场合，否则，你再能言善辩，别人也不明白你的意思。

006 小闹钟

一只新组装好的小闹钟放在了两只旧闹钟当中。两只旧闹钟“嘀嗒”、“嘀嗒”一分一秒地走着。

其中一只旧闹钟对小闹钟说：“来吧，你也该工作了。可是我有点担心，你走完三千二百万次以后，恐怕便吃不消了。”“天呐！三千二百万次。”小闹钟吃惊不已。“要我做这么大的事？我办不到啊。”

另一只旧闹钟说：“别听他胡说八道。不用害怕，你只要每秒钟嘀嗒摆一下就行了。”

“天下哪有这样简单的事情啊！”小钟将信将疑。“如果真是这样，那我就试试吧。”

小闹钟很轻松地每秒钟“嘀嗒”摆一下，不知不觉中，一年过去了，它摆了三千二百万次。

宝宝，这个故事告诉你：每个人都希望梦想成真，成功却似乎遥不可及，倦怠和不自信让我们怀疑自己的能力，放弃努力。其实，我们不必想遥远的事，一年，甚至一月之后的事，只要想着今天我要做些什么，明天我该做些什么，然后努力去完成，成功的喜悦就会慢慢浸润我们的生命。

007 两匹马

从前，有两个人骑着马并排走在路上，一个人骑着一匹国马，另一个人骑的是一匹骏马。这两匹马的性格不太相同，国马温顺，骏马暴躁，在一起行路的时间长了，免不了有些磕磕碰碰。也不知道究竟是为了什么，骏马忽然在国马的颈上咬了一口，顿时鲜血直流。国马负痛跳开，但它并没有扑上去和骏马撕打，只是委屈地低低嘶鸣了几声，盯着骏马看了一会儿，还是和原来一样驮着主人默默赶路。

时间不长，骏马就随主人回家了。说来奇怪，骏马回家以后，也不知是被什么所困扰，一直都惊恐不安，有两天的时间，不管主人怎么哄它、打它，用尽了各种办法，它都既不吃东西，也不肯喝一口水，成天站在马厩里，两腿瑟瑟发抖，像是很恐惧的样子。

骏马的主人对此感到十分迷惑，就去找国马的主人问道：“我那匹骏马也不知是不是得了什么病，我用最好的草料喂它，它一口也不尝，我用鞭子逼着它吃，它还是无动于衷，这可怎么办呐！”

国马的主人一听就明白了，解释说：“那一定是骏马为自己的行为感到惭愧和后悔了。这样吧，我带国马去看看它，让它明白就好了。”

于是，国马的主人就牵着国马去看骏马。国马一见到骏马，就迎上去用鼻子围着它嗅来嗅去，一副亲密的样子。骏马见国马一点怨恨的意思都没有，也用鼻子嗅着国马表示欢迎，两匹马开始一块有滋有味地吃起草来。

国马被咬了一口，却非常宽宏大量，一点都不记仇，并用自己的宽容感动了骏马。而骏马知道自己做了错事也毫不纵容自己，懂得羞愧和悔改。

宝宝，这个故事告诉你：做人要宽以待人，做错事要懂得知错就改。

008 狼和狐狸

从前有一只狐狸，看见狼生活的不错，就想向狼学本事。有一天，他在路上看见了狼，并对狼说：“亲爱的，我的饭菜通常总是一只老公鸡，不然就是些瘦小鸡。见到这饭菜我就倒胃口。你的饭菜比我的丰富得多，所担的风险又小，我必须走近住宅，而你躲在一旁就行了。把你的本事教给我吧！好哥们，行个方便吧！让我成为狐狸中最棒的一只，能在铁叉上烧烤一只肥羊慢慢享用。我绝不会忘恩负义的。”

狼满意地说：“我乐意为你效劳。我的一个兄弟刚死了，你赶紧去把它的皮拿来穿上。”待狐狸正欲去取狼皮，狼又说道：“假如你想甩掉看守羊群的猎狗，你非得学会一些必要的本领不可。”

狐狸披上了狼皮，反复操练着狼告诉它的动作要领。开始时动作还不太像，到后来就十分逼真了，以至于惟妙惟肖，可以以假乱真。正当它刚学好这套本领时，恰巧有群羊从此地经过。这只披着狼皮的狐狸立刻奔了过去，一时间恐怖气氛笼罩了山野。就这样，羊群仿佛看到地球就要灭亡一样，狗、羊群和牧羊人都朝村子里狂奔逃命，只有一只母羊跑得慢，快被这个披着狼皮的狐狸抓住了。可就在几步之遥，狐狸听到一只公鸡在打鸣，这个不合格的学生马上朝公鸡窜了过去，把狼给的那件狼皮工作服丢在了地上。什么母山羊、动作要领、辅导教师啦，一起全都抛到了脑后，它向往的猎物还是那只令它垂涎的鸡。

宝宝，这个故事告诉你：伪装毫无作用，以为这样就能改变一个人的秉性，那只是自欺人。一旦机会适宜，他们会立刻露出本性。

009 愚人食盐

从前，有一个愚不可及的人，到朋友家去做客。主人热情地款待他，请他吃饭。可是他尝了几样菜肴以后，都觉得味道太淡，不好吃，难以下咽。

主人闻过即改，立刻在菜里加上一些盐，请他再尝。果然，这些菜加了盐之后，味道十分鲜美，顿使他的食欲大增。为此，愚人在私下里暗自琢磨：“这些菜在没放盐时，淡而无味；后来只是加了一点点盐，就变得这么美味可口。如果我能多吃些盐，那味道不就会更好了吗？”

于是，这个愚蠢的人在回到家里以后，就什么东西也不吃，一天到晚总是空着肚子拼命地吃盐。这样一来，他不仅没能吃出更鲜美的味道，反而把正常的味觉也吃坏了。美味的盐最终竟成了他的祸害。

宝宝，这个故事告诉你：干任何事情都要有一个限度，恰到好处时美妙无比，一旦过头就会走向反面，哪怕是好事也会给弄得很糟。

010 长者的恩赐

从前，有两个饥饿的人得到了一位长者的恩赐：一根鱼竿和一篓鲜活硕大的鱼。其中，一个人要了一篓鱼，另一个人要了一根鱼竿，于是他们分道扬镳了。得到鱼的人原地就用干柴搭起篝火煮鱼吃，他狼吞虎咽，还没有品出鱼的鲜味，转瞬间就连鱼带汤吃了个精光，不久，他便饿死在空空的鱼篓旁。另一个人则提着鱼竿继续忍饥挨饿，一步步艰难地向海边走去，可当他已经看到不远处那片蔚蓝色的海洋时，他浑身的最后一点力气也使完了，他也只能眼巴巴地带着无尽的遗憾撒手人间。

又有两个饥饿的人，他们同样得到了长者恩赐的一根鱼竿和一篓鱼。只是他们并没有各奔东西，而是商定共同去寻找大海，他俩每次只煮一条鱼，他们经过遥远的跋涉，来到了海边，从此，两人开始了捕鱼为生的日子，几年后，他们盖起了房子，有了各自的家庭、子女，有了自己建造的渔船，过上了幸福安康的生活。

宝宝，这个故事告诉你：一个人只顾眼前的利益，得到的终将是短暂的欢愉；一个人目标高远，但也要面对现实的生活。只有把理想和现实有机结合起来，才有可能成为一个成功的人。

011 并不是你想象中那样

两个旅行中的天使到一个富有的家庭借宿。这家人对他们并不友好，并且拒绝让他们在舒适的客人卧室过夜，而是在冰冷的地下室给他们找了一个角落。当他们铺床时，较老的天使发现墙上有一个洞，就顺手把它修补好了。年轻的天使问为什么，老天使答道："有些事并不像它看上去那样。"

第二晚，两人又到了一个非常贫穷的农家借宿。主人夫妇俩对他们非常热情，把仅有的一点点食物拿出来款待他们，然后又让出自己的床铺给两个天使。第二天一早，两个天使发现主人夫妇俩在哭泣，他们唯一的生活来源——一头奶牛死了。年轻的天使非常愤懑，他质问老天使：第一个家庭什么都有，你还帮助他们修补墙洞；第二个家庭尽管如此贫穷还是热情款待客人，你却没有阻止奶牛的死亡。

“有些事并不像它看上去那样。”老天使答道：“当我们在地下室过夜时，我从墙洞看到墙里面堆满了金块。因为主人被贪欲所迷惑，为富不仁，所以我把墙洞填上了。而昨天晚上，死亡之神来召唤农夫的妻子，因为他们的善良，我让奶牛代替了她。”

宝宝，这个故事告诉你：有些时候事情的表面并不是它实际应该的样子。如果你有信念，你只需要坚信付出总会得到回报。

012 爱人之心

有位孤独的老人，无儿无女，又体弱多病。他决定搬到养老院去。老人宣布出售他漂亮的住宅。购买者闻讯蜂拥而至。住宅底价8万块钱，但人们很快就将它炒到了10万块钱。价钱还在不断攀升。老人深陷在沙发里，满目忧郁，是的，要不是健康情形不行，他是不会卖掉这栋陪他度过大半生的住宅的。

一个衣着朴素的青年来到老人眼前，弯下腰，低声说：“先生，我也好想买这栋住宅，可我只有1万块钱。但是，如果您把住宅卖给我，我保证会让您依旧生活在这里，和我一起喝茶，读报，散步，天天都快快乐乐的。相信我，我会用整颗心来照顾您！”

老人颔首微笑，把住宅以1万块钱的价格卖给了他。

宝宝，这个故事告诉你：完成梦想，不一定非得要冷酷地厮杀和欺诈，有时，只要你拥有一颗爱人之心就可以了。

013 亮丽的羽毛

有一根非常绚丽耀眼的羽毛，生长在大鹏鸟的翅膀上。

有一天，亮丽的羽毛意气风发地对其他羽毛说：“大鹏鸟展翅飞翔时看起来如此壮观伟岸，还不都是因为有我参与。”

又过了一段日子，它说：“我觉得大鹏鸟已经成为我人生沉重的负担，如果不是大鹏鸟硕大无比的躯体重重地压着我，我一定可以飞得更高更远。”

说完，它使出浑身解数，拼命地脱离大鹏鸟，最后它终于如愿以偿从大鹏鸟的翅膀上掉落下来，在空中没飘多久，就无声无息地落在泥泞的土地上，从此再也无法飘扬远飞了。

宝宝，这个故事告诉你：有些人固然拥有不错的才华，然而，却因此就自视高人一等，甚至目中无人，狂妄到将所有的功劳都往自己身上揽，这种一意孤行的心态及行为，终将会自食恶果。

014 守株待兔

宋国有个农夫种着几亩地，他的地头上有一棵大树。一天，他在地里干活，忽然看见一只兔子箭一般地飞奔过来，猛地撞在了那棵大树上，一下子把脖子折断了，蹬蹬腿就死了。这个农夫飞快地跑过去，把兔子捡起来，高兴地说：“这真是一点劲没费，白捡了个大便宜，回去可以美美地吃上一顿了。”他拎着兔子一边往家走，一边得意地想：“我的运气真好，没准明天还会有兔子跑来，我可不能放过这样的便宜。”

第二天，他向往常一样来到地里，但他并不干活，只守着那棵大树，等着兔子撞过来。结果，等了一天什么也没等到。他并不甘心，从此，天天坐在那棵大树下等着兔子来撞死。他等呀等呀，等到地里的野草长得比庄稼都高了，连个兔子影也没有再看到。

宝宝，这个故事告诉你：不想努力而希望获得成功是不可能的。

015 高山流水

春秋时期，俞伯牙擅长弹奏琴弦，钟子期擅长听音辨意。有次，伯牙来到泰山（今武汉市汉阳龟山）北面游览时，突然遇到了暴雨，只好滞留在岩石之下，心里寂寞忧伤，便拿出随身带的古琴弹了起来。刚开始，他弹奏了反映连绵大雨的琴曲；接着，他又演奏了山崩似的乐音。恰在此时，樵夫钟子期忍不住在临近的一丛野菊后叫道："好曲！真是好曲！"原来，在山上砍柴的钟子期也正在附近躲雨，听到伯牙弹琴，不觉心旷神怡，在一旁早已聆听多时了，听到高潮时便情不自禁地发出了由衷的赞赏。

俞伯牙听到赞语，赶紧起身和钟子期打过招呼，便又继续弹了起来。伯牙凝神于高山，赋意在曲调之中，钟子期在一旁听后频频点头："好啊，巍巍峨峨，真像是一座高峻无比的山啊！"伯牙又沉思于流水，隐情在旋律之外，钟子期听后，又在一旁击掌称绝："妙啊，浩浩荡荡，就如同江河奔流一样呀！"伯牙每奏一支琴曲，钟子期就能完全听出它的意旨和情趣，这使得伯牙惊喜异常。他放下了琴，叹息着说："好啊！好啊！您的听音、辨向、明义的功夫实在是太高明了，您所说的跟我心里想的真是完全一样，我的琴声怎能逃过您的耳朵呢？"

二人于是结为知音，并约好第二年再相会论琴。可是第二年伯牙来会钟子期时，得知钟子期不久前已经因病去世。俞伯牙痛惜伤感，难以用语言表达，于是就摔破了自己从不离身的古琴，从此不再抚弦弹奏，以谢平生难得的知音。

宝宝，这个故事告诉你：人之相知，贵在知心。

016 智擒鱼鹰

有一个人的家里有一片鱼塘，他每年都要靠这片鱼塘赚钱，来养活自己和家人。可是鱼塘附近有好多鱼鹰，常常一群群地来抓鱼吃，赶也不好赶，抓又抓不住，养鱼人为此很是发愁。

有一天，鱼鹰又来吃鱼，养鱼人跑过去冲它们挥挥手，鱼鹰便受惊跑了。养鱼人忽然灵机一动，想出个好办法。他扎了一个稻草人，让它伸开两臂，穿着蓑衣，戴着斗笠，还拿了一根竹竿，就像一个养鱼人的样子。养鱼人把稻草人插在鱼塘里吓唬鱼鹰。起初，鱼鹰以为是真人，因此很害怕，只敢在草人的上空盘旋，一点都不敢接近它。

这样过了几天，鱼鹰果然没再来吃鱼。可是渐渐地，它们见鱼塘里的人总是一动不动，就起了疑心，不断的大着胆子飞下来看。这样一来，它们很快就发现这是个假人了，就又飞下来啄鱼吃。鱼鹰吃了一条条的鱼，肚子吃饱了，就站在草人的斗笠上，边晒太阳边休息，很是悠闲，还不停地发出“假假、假假”的叫声，好像是在嘲笑养鱼人说：“假的，假的，这个人是假的啊！”

养鱼人生气极了，他恨恨地盯着得意洋洋的鱼鹰，良久，忽然心生一计。

趁着鱼鹰不在的时候，养鱼人悄悄把草人从鱼塘里拔出来拿走了，自己披上蓑衣，戴上斗笠，手里拿根竹竿，像草人一样伸开双臂站在鱼塘里面。

过了一会儿，鱼鹰又来了，它们以为鱼塘里还是原先的假人，就又放心大胆地下来吃鱼。吃得饱饱的，鱼鹰又飞到养鱼人的斗笠上休息，“假假、假假”地叫唤着。养鱼人趁着它不注意，一伸手就抓住了鱼鹰的爪子。鱼鹰使劲地鼓动着翅膀，可是怎么也挣不脱。养鱼人笑呵呵地说：“原先是假的，可是这一回是真的啊！”

宝宝，这个故事告诉你：事物总是不断发展变化的，如果一成不变地凭老经验办事，不注意发现新情况，就免不了会吃大亏。

017 说谎的放羊娃

有个爱开玩笑的放羊娃每天都要去村外放羊。有一天他觉得很无聊，就大声地喊：“狼来了！”看着村民们着急地跑来，他高兴地说：“你们上当了！”第二天，放羊娃还想玩，又大声叫：“狼来了！”担心的村民们还是跑过来，却发现放羊娃又在说谎。村民们生气了，决定再也不相信放羊娃的话了。

过了几天，村民们又听到放羊娃着急地叫：“狼来了！”这一次，没有村民跑去了，他们可不想再上当了。但是这一次，真的来了很多狼，把很多羊咬死了。

宝宝，这个故事告诉你：说谎害人害己，我们应该学会真诚待人。

018 井底之蛙

栖在井里的青蛙在井边碰到一只从东海而来的大鳖。青蛙看见大鳖，便对它吹嘘自己的惬意："你瞧我住在这儿多么快乐呀！我从井栏上蹦进浅井，可以在井壁的缝隙里小憩，在井水里游耍，水面就托住我的胳膊和下巴。在软绵绵的泥地上漫步，淤泥就漫过脚背。看看周围的红虫、小螃蟹，它们谁也不能比我自由自在。"

井蛙喋喋不休地夸耀自己的安乐："我独自享受这口井，得意洋洋地站着，真是快乐极了。"它对海鳖发话，"先生，请问您为什么不常常来光临咱水井，游览观光一番呢？"

海鳖经不住井蛙的怂恿，抵不住它的诱惑，也走到井边去瞧瞧。谁知它的左足还没踏进井底，右足却被井栏绊住了。它进退不得，迟疑了一会，回到了原处。

海鳖算是亲自领教了一番井边的环境。它忍不住向井蛙介绍大海的景象："我生活的大海，用千里的遥远不足以形容海面的辽阔；用万尺深度不足以穷尽海底。在大禹时代，10年中有9年遭水灾，海面也并不因此而上涨；商汤时代，8年中有7年遇旱灾，海水也并不因此而下降。你要知道大海是不受旱涝影响而涨落。这也就是我栖息在广阔东海的乐趣！"

小小井蛙听了大海鳖对大海的描述，吃惊地瞪着圆圆的小眼睛，满脸涨得绯红，羞愧得一句话也说不出来……

宝宝，这个故事告诉你：只有开阔眼界，才能见多识广。自以为是，自鸣得意往往是闭关自守、孤陋寡闻的结果。

019 山鸡与凤凰

一个楚国人外出时，在路上碰到一个挑着山鸡的村夫。因为他从未见过山鸡，所以一见到长着漂亮羽毛和修长尾巴的山鸡就认定它不是一个俗物。他好奇地问村夫："你挑的是一只什么鸟？"那村夫见他不认识山鸡，便信口说道："是凤凰。"这楚人听了心中一喜，便感慨地说道："我以前只是听说有凤凰，今天终于见到了凤凰！你能不能把它卖给我？"村夫说："可以。"这楚人出价十金，那村夫想："既然这个傻子把它当成了凤凰，我岂能只卖十金？"当村夫把卖价提高一倍以后就把山鸡卖掉了。

这楚人高高兴兴地把山鸡带回家去，打算第二天启程去给楚王献"凤凰"。可是谁知过了一夜山鸡就死了。这楚人望着已经没有灵气的僵硬的山鸡，顿时感到眼前一片灰暗。此刻他脑海里没有一丝吝惜金钱的想法掠过，却只是因为不能将这种吉祥神物献给楚王而心痛不已。

这件事一传十、十传百，很快就被楚王知道了。虽然楚王没有得到凤凰，但是被这个有心献凤凰给自己的人的忠心所感动。楚王派人把这个欲献凤凰的楚人召到宫中，赐给了他比买山鸡的钱多10倍的金子。

宝宝，这个故事告诉你：诚实善良的人在不明真相的时候，还是一味以自己的善良和忠诚对待别人，而他的善良和忠诚终将感动所有人。

020 书呆子赶鸡

有个书呆子一天到晚只会呆在家里看书，什么事也不会干，整天依赖妻子饭来张口衣来伸手。这天黄昏，妻子在地里干完活回家，只见自家的鸡还没有归窝。她自己又要忙着做饭，没工夫去赶鸡，就对丈夫说："我做饭，你去帮我把鸡都赶进窝去。"

丈夫答应了。他放下书本跑到外面，去将自家的鸡赶回家。书呆子看到自家那几只鸡，连忙上去一阵使劲猛赶，结果那几只鸡吓得惊慌失措，乱飞乱窜；书呆子只好停下来朝鸡扬起手慢慢示意，于是那鸡又停在那里东张西望。等那几只鸡刚刚安定下来，要向北面走去，书呆子赶忙上前将鸡拦住，鸡吓得一掉头又朝南边跑去，书呆子急了，又赶到鸡前将鸡拦住，鸡又重新掉头朝北跑去。就这样，他靠近鸡时，鸡吓得到处扑腾，他远离鸡时，鸡又停住不走。折腾到天都黑了，还有3只鸡依然没赶回窝。

妻子做好了饭，还不见丈夫赶鸡回家。她出屋一看，书呆子站在那里正显出无可奈何的样子，额头上还淌着汗。妻子很是生气，教他说："应该这样赶鸡：在鸡安闲的时候慢慢靠近它；如果它惊恐不安，你就扔点食物去引诱它。不能像你这样简单粗暴地乱赶一气，要慢慢引诱着赶。你尽量把鸡赶到熟悉的路上，让它慢慢安定下来，它自然而然就会直奔回窝了。这才是最好的赶鸡方法。"

书呆子恍然有所悟，说："想不到赶鸡也有学问，怎么书本上就见不到呢？"

宝宝，这个故事告诉你：做任何事情都有它的方法和规律，如果不讲究方式和方法，只凭想象蛮干，那就很难把事情做好。

021 逼鸭捕兔

从前，有一个好吃懒做的人，一天到晚除了吃饭就是睡觉，什么也不愿干却总是异想天开。一会儿想着要吃这，一会儿又想着要吃那，又不想费力气。

一天，他躺在床上忽然想到，要能吃上野兔做的佳肴该多好呀。他曾听人说鹘乌可以捕捉野兔，于是他勤快了一次，起床出门到市场上去买鹘乌。他在街上转来转去，也不知道鹘乌是什么模样，七买八买竟把一只鸭子买回家了。

第二天，这个人把鸭子带到野地里，等着野兔跑来。等呀等，果然有只野兔跑过来了。这人立即将鸭子抛掷出去，让鸭子去抓野兔。可是，这只鸭子飞不起来，一抛出去它就扑打着翅膀落在地上了。这人急了，又抓起鸭子再抛掷出去，鸭子又重重地落到地上。这个人开始心烦意乱，他接连三四次把鸭子抛掷出去，鸭子始终是飞不起来。

这时，只见鸭子摔倒了又从地上站立起来，哀求地对他说："我只是个鸭子呀！你杀了我，吃我的肉，这是我应尽的本分。可是你要我去抓兔子，我哪能做得到呢？你为什么偏偏要把抛掷的苦处强加到我头上呢？"

这个人却皱着眉头说："你怎么会是只鸭子呢？我只当你是只飞得快、善于捕捉野兔的鹘乌呢。"

鸭子没办法，为了让这个人相信自己的确是只鸭子，它伸出自己的脚蹼给他看，说："你看我这连在一起的脚丫子，看我这笨手笨脚的样子，是会捕捉野兔的鹘乌吗？"

这个人无可奈何地看看鸭子，再看看四周，那只野兔早已不知跑到哪里去了。这个人只好沮丧地返回家了。

宝宝，这个故事告诉你：不考虑客观实际，光凭自己的主观想象，强人所难，最后是达不到想要的效果的。

022 米从哪里来

有个富翁很有钱，家里积聚着很多财产，可就是不懂得知识，一家人孤陋寡闻愚蠢至极，特别是他的两个儿子。表面看上去还像模像样，穿着华丽，可实质上只不过是一对“绣花枕头”，而当父亲的这个富翁却从来都不知道教育他们。

一天，哲学家艾子对那个富翁说：“您的两个儿子虽然长得都很漂亮，可是都没什么学问，又不通晓人情世事，将来长大了怎么能继承您家祖先的基业呢？”

富翁一听很不高兴，生气地说：“谁说我家孩子不通世事？我家孩子又聪明又能干，谁也比不上他们。”

艾子笑了笑，说：“那把您的儿子叫来，我不考什么别的，只想问问他们吃的米是从哪里来的？如果他们说得清楚这一个简单的问题，就算我错了，我情愿承担诬蔑不实的罪名，你说行不行？”

富翁把两个儿子喊来，站在艾子跟前。艾子笑着问他们说：“两位公子，你们每天都在吃白米饭，知不知道这大米是从何而来呢？”

富翁的两个儿子一听，心想：我以为是考我们什么了不得的学问哩，原来就这简单的问题，米从何来？这不明摆着的事吗？于是他们嬉皮笑脸地说：“我哥俩岂能连这点小事也不知道？米是从米缸里取来的！”

富翁在一旁听了，气得直跺脚，脸上现出一种难堪的神情，他赶紧纠正他们说：“真是两个笨蛋，愚蠢至极，米是哪来的都不知道！告诉你们，米是从田里取来的呀！”

艾子笑了笑说："有这样的父亲，还愁不会有这样的儿子嘛！"

宝宝，这个故事告诉你：从小养尊处优，生活脱离实际，就必然会一无所知。做长辈的一定要教育子女多学知识，而不是只给予他们富裕的物质生活，到头来，子女不成器，也是父辈的过错。

023 河边的苹果

一位老和尚身边聚拢了一帮虔诚的弟子。这一天，他嘱咐弟子每人去南山打一担柴回来。弟子们匆匆行至离山不远的河边，人人目瞪口呆。只见洪水从山上奔泻而下，他们无论如何也休想渡河打柴了，最后只能无功而返。弟子们都有些垂头丧气，唯独一个小和尚与师傅坦然相对。

师傅问其故，小和尚从怀中掏出一个苹果，递给师傅说："过不了河，打不了柴，见河边有棵苹果树，我就顺手把树上唯一的一个苹果摘来了"。后来，这位小和尚成了师傅的衣钵传人。

宝宝，这个故事告诉你：当我们遇到困难时，不要总是看到事物困难的一面，而是要乐观看待，这样或许会有意想不到的收获。

024 五官争地位

眉毛、眼睛、嘴巴、鼻子、耳朵五种器官，各有各的能耐，各有各的灵气，有一天，它们之间发生了激烈的争论，互不服气。

嘴巴对鼻子说："人所有的食物、营养，都是通过我才被接纳的，我的功劳最显著。而你，有什么本领，位置竟然居于我的上面？"

鼻子哼了一下，说："这你就不清楚了吧？我能辨香味臭味，只有先经过我的辨别，才能决定什么东西可以进到嘴里，什么东西不能进到嘴里，我的作用比你大多了，位置当然也就应在你之上！"嘴巴一时语塞，不出声了。鼻子越说越觉得有道理，似乎真的是自己功劳最大，于是它不满意自己居眼睛之下，它冲着眼睛说："你有什么本事，竟然摆在我的上头？"

眼睛被激怒了，它瞧都不瞧鼻子一眼，说："我能观察美丑，看望四方，人的信息有85%都通过我获得，辨别香臭、接纳食物，那都只是小事情，跟我的能耐比起来，全部不值一提！我居你们之上，是天经地义！"说完，眼睛傲慢地往上一翻，发现有眉毛在自己的上面，于是它非常生气。眼睛对眉毛说："喂，你是什么东西？你凭什么在我的上面？"

眉毛也不示弱，得意地一扬，说："是呀，我为什么就偏偏高居你们各位之上呢？你们想想，如果把我摆在眼睛、鼻子、嘴巴之下，那可就滑稽了，那不知道整个脸该放哪儿啦！"

没想到，耳朵终于沉不住气了，它也说："各位刚才的争论我都听见了。要论能耐，我绝不在你们之下，要说功劳，我的功劳也不小。我耳听八方，辨别动静。说起来我最委屈，你们不管高低，总还摆在脸上显眼的位置，而我却连脸都上不了，我能服气吗？"

宝宝，这个故事告诉你：每个人都各有各的长处，各有各的短处，我们要做的不是炫耀自己的长处，而是弥补自己的不足，做到以长补短，不断自我完善。

025 无花果的性格

春风吹来，百花园里争奇斗艳。牡丹、杜鹃、玫瑰……万紫千红，香气四溢，得到了人们的称赞。只有无花果不开花，所以她也听不到人们对她的赞美。蜜蜂、蝴蝶纷纷光顾大红大紫的花朵，冷冷地对无花果说：“你吸收了雨露与阳光，却连一朵小花也没有，真是辜负了美好的春色！”

无花果沉默不语。

夏至刚过，无花果的枝丫上结满了圆圆的小青果，这使得群花十分惊讶，大家议论纷纷。

牡丹说：“从来没见过她开花，如何能结出果实，肯定是假的。”

杜鹃也大为不满：“她之前一点信息也不透露，大家怎能相信她会结出果实？”

玫瑰、海棠、月季、芍药也跟着嚷道：“先开花后结果，这是普遍真理。她怎么反常呢？”

“这有什么奇怪。”植物学家笑着回答，“无花果也会开花，只不过花朵很小，人们很难看得见。而且，她从来没有想过以开花来炫耀自己的美丽。”

群花一听，不再作声了。

这个故事说明，生命的价值不在于灿烂的外表，而在于能否结出成熟的果实。

026 扁鹊的医术

魏文王问名医扁鹊说：“你们家兄弟三人，都精通医术，到底哪一位最好呢？

扁鹊答：“长兄最好，中兄次之，我最差。

文王再问：“那么为什么你最出名呢？

扁鹊答：“长兄治病，是治病于病情发作之前。由于一般人不知道他事先能铲除病因，所以他的名气无法传出去；中兄治病，是治病于病情初起时。一般人以为他只能治轻微的小病，所以他的名气只及本乡里。而我是治病于病情严重之时。一般人都看到我在经脉上穿针管放血、在皮肤上敷药等大手术，所以以为我的医术高明，名气因此响遍全国。

宝宝，这个故事告诉你：危机处理得好，你的知名度就高。

027 狐狸的故事

有一只狐狸，在路上闲逛时，眼前忽然出现一个很大的葡萄园，果实累累，每颗葡萄看起来都很可口，让它垂涎欲滴。葡萄园的四周围着铁栏杆，狐狸想从栏杆的缝隙钻进园内，却因身体太胖了，钻不过去。于是狐狸决定减肥，让自己瘦下来。它在园外饿了三天三夜后，果然变苗条了，真是“功夫不负苦心人”，终于顺利钻进葡萄园内。

狐狸在园内大快朵颐。葡萄真是又甜

又香啊！不知吃了多久，它终于心满意足了。但当它想溜出园外时，却发现自己又因为吃得太胖而钻不出栏杆，于是只好又在园内饿了三天三夜，瘦得跟原先一样时，才顺利地钻出园外。

回到外面世界的狐狸，看着园内的葡萄，不禁感叹：空着肚子进去，又空着肚子出来，真是白忙一场啊！

宝宝，这个故事告诉你：做任何事之前都要看到事物的本质，不要盲目行事，否则就会白忙一场。

028 陶罐和铁罐

国王的御厨里有两只罐子：一只是陶的，一只是铁的。骄傲的铁罐看不起陶罐，常常奚落它。

“你敢碰我吗，陶罐子?”铁罐傲慢地问。

“不敢，铁罐兄弟。”谦虚的陶罐回答。

“我就知道你不敢，懦弱的东西！”铁罐说，带着更加轻蔑的神气。

“我确实不敢碰你，但并不是懦弱。”陶罐争辩说。”我们生来就是给人们盛东西，并不是来互相碰撞的。说到盛东西，我不见得就比你差。再说……”

“住嘴！”铁罐脑怒了，”你怎么敢同我相提并论！你等着吧，要不了几天，你就会破成碎片。我却永远在这里，什么也不怕。”

“何必这样说呢，”陶罐说，“我们还是和睦相处吧，有什么可吵的呢！”

“和你在一起，我感到羞耻，你算什么东西！”铁罐说，“我们走着瞧吧，总有一天，我要把你碰成碎片！”

陶罐不再理会铁罐。

时间在流逝，世界上发生了许多事情，王朝覆灭了，宫殿倒塌了。两只罐子遗落在荒凉的场地上，上面覆盖了厚厚的渣滓和尘土。

许多年代过去了。有一天人们来到这里，掘开厚厚的堆积物，发现了那只陶罐。

“哟，这里头有一只罐子！”一个人惊讶地说。

“真的，一只陶罐！”其他的人都高兴得叫起来。

捧起陶罐，掏出里面的泥土，擦洗干净，和它当年在御厨的时候一样光洁，朴素，美观。

“多美的陶罐！”一个人说，“小心点，千万别把它碰坏了，这是古代的东西，很有价值的。”

“谢谢你们！”陶罐兴奋地说，“我的兄弟铁罐就在我的身边，请你们把它掘出来吧，它一定闷得够受了。”

人们立即动手，翻来覆去，把土都掘遍了。但是，连铁罐的影子也没见到。它不知道在什么年代完全氧化，早就无踪无影了。

宝宝，这个故事告诉你：拿自己的长处和别人的短处比是没有必要的，别人也会有比你强的地方，要学会取长补短。

029 骡子和铃铛

一头高大健壮的骡子，脖子上系着一个铃铛。铃铛制作精巧，响声清脆，骡子每走动一步，铃铛便发出“叮当”的声响，比鸟儿唱歌还悦耳动听。

一天，骡子撞开了篱笆，走进了菜园，白菜、韭菜一畦畦，鲜嫩又可口，骡子好不欢畅，它低头啃个不停。“叮当叮当”，一串串尖利的急响，钻进了主人的耳中。他一个箭步冲出房门，挥动竹枝赶到菜园，一边抽打着骡子的屁股，一边斥责道：“混账东西，你胡嚼乱踩，把菜地弄得一团糟，要不是铃铛叫我来，菜地准被你糟蹋完。看你下次再敢闯进菜园……”

骡子疼得直叫唤，不要命地跑出了菜园，“叮当叮当”，铃铛的响声，伴着骡子远远地到了山脚下。

没多久，骡子拉着一车货，长途跑路，傍晚时返回了村里。“叮当，叮当”，一阵脆响，引得一些乡亲们竖起大拇指夸奖道：“嗬，好一头结实顶用的骡子，拖这么多货物跑了一天，还那么精神抖擞的。听，配上这清脆悦耳的铃铛声，多有气魄！”

“叮当，叮当。”铃铛听了这番话，响得更加起劲了，像是说：“对的，对的，骡子了不起！”

骡子耸起耳朵听了这些话，满心喜悦。突然，它望见了菜园，不禁感到一阵阵隐痛，立刻不高兴地责问铃铛道：“你发出的是同一个声音，为什么一时出卖我，一时又吹捧我？”

“叮当，请你听清，”铃铛含笑地解释道：“你和我，都要对自己的言行负责。你犯错误时，我发出警告，为的是挽救你，不让你越陷越深；当你干得对时，我理所当然地赞扬你，为的是激励你取得更大的成绩啊！”

宝宝，这个故事告诉你：每个人都要对自己的言行负责，当你做错事时会受到惩罚，当你做了好事时，就一定会受到赞扬。

030 喝水别忘了挖井

有两个和尚分别住在相邻的两座山上的庙里。两山之间有一条溪，两个和尚每天都会在同一时间下山去溪边挑水。时间久了，他们便成为了好朋友。

弹指一挥间，时间在每天挑水中，一晃就是五个春秋。

忽然有一天，左边这座山的和尚没有下山挑水，右边那座山的和尚心想：他大概睡过头了。便不以为然。可是，到了第二天，左边这座山的和尚，还是没有下山挑水，第三天也一样，过了一个星期，还是一样。直到过了一个月，右边那座山的和尚，终于按捺不住了。他心想："我的朋友可能生病了，我要过去探望他，看看能不能帮上什么忙。"于是他便爬上了左边这座山去探望他的老朋友。

等他到达左边这座山的庙里看到他的老朋友后，大吃一惊。因为他的好朋友正在庙前打太极拳，一点也不像一个月没喝水的人。他好奇地问："你已经一个月没有下山挑水了，难道你可以不用喝水吗？"左边这座山的和尚说："来来来，我带你去看看。"于是，他带着右边那座山的和尚走到庙的后院，指着一口井说："这五年来，我每天做完功课后，都会抽空挖这口井。虽然我们现在年轻力壮，尚能自己挑水喝，倘若有一天我们都年迈走不动时，我们还能指望别人给我们挑水喝吗？所以，即使我有时很忙，但也没有间断过我的挖井计划，能挖多少算多少。如今，终于让我挖出井，我就不必再下山挑水，我可以有更多的时间，来练习我喜欢的太极拳了。"

宝宝，这个故事告诉你：做任何事都不能只看眼前，要有长远的考虑，做长远的打算。人无远虑，必有近忧。

031 小熊布迪

小熊布迪有一件特别好玩的生日礼物——水泥搅拌车，布迪的好朋友野猪莫扎特也想玩。可是，布迪还没有玩够，就说："这是我的新玩具，只能我自己玩儿。"

第二天，野猪莫扎特也带来了一件好玩的东西——一架带弹弓的小木头飞机！莫扎特玩得可真高兴。布迪看得心里直痒痒！终于，布迪忍不住了，他小声地问："我可以玩一会儿小飞机吗？你可以玩我的水泥搅拌车。"莫扎特毫不犹豫地说："好啊！我可不会像你那么小气！"

然后，两个小朋友交换了玩具。布迪把小飞机飞上了天，莫扎特把水泥搅拌车弄得轰隆轰隆响。瞧，他们玩得多开心啊！玩了一会儿，两个小家伙都饿了。布迪从口袋里翻出了一大块巧克力，高兴地递给了莫扎特："带榛子的，我还没碰过呢！只分给我最好的朋友一半儿。"

莫扎特一边嚼一边说："你也是我最好的朋友！"

宝宝，这个故事告诉你：我们要懂得与人分享好的东西，分享快乐，这样就会让快乐加倍。

032 披上虎皮的羊

有一只山羊，在森林里与那些跟它一样弱小的动物们生活在一起。平时它们都集体外出，走路都格外小心，就连吃草的时候都随时东张西望，提心吊胆地警惕着猛兽的侵袭。山羊觉得自己活得太委屈了，自己要是能像虎豹那样威风该多好。

一次，山羊独自走到森林边上，忽然发现地上有一张虎皮，也不知是哪一位猎人丢下的。开始，山羊还有些害怕，不敢上前去捡这张虎皮。几经犹豫后，山羊壮了壮胆，拾起了虎皮，它觉得挺有趣的。突然它灵机一动：要是我穿上这身虎皮，不也会很威风吗？谁会发现我是一只假虎呢？于是，山羊把虎皮披在自己身上，在森林里走着。

当山羊走到自己住的地方的时候，那些和自己一样弱小的动物突然看到"老虎"来了，都吓得跑的跑、躲的躲，四处逃窜。山羊见此情景，心里觉得自己果然很了不起。现在，自己再也不用提心吊胆地过日子了，山羊一边这样想着，一边向一片草地走去。

山羊停在草地上，原来那些伙伴都不认识它了，一个个离它远远的。于是，披着虎皮的山羊自由自在地在草地上吃起草来。

正当山羊嚼着香喷喷的青草的时候，突然一只豺狼朝它走来。披着虎皮的山羊猛地吓得浑身颤抖起来，连那只已停下脚步迟疑不前的豺狼都有些莫名其妙。是豺狼已看出来这是一只假虎吗？显然还不是。只是羊自己清楚自己的底细，它一辈子都是豺狼虎豹的口中食，一见到这些猛兽就会胆战心惊，以至于它此时此刻忘记了自己还披着老虎皮。

宝宝，这个故事告诉你：徒有虚假外表而无真正本领的人，是经不住实际检验的，一旦让他们面对考验，空虚的内心很快便使他们败下阵来。

033 掉在井里的狐狸和公山羊

一只狐狸失足掉到了井里，不论他如何挣扎仍没办法爬上去，只好呆在那里。公山羊觉得口渴极了，来到这井边，看见狐狸在井下，便问他井水好不好喝？狐狸觉得机会来了，心中暗喜，马上镇静下来，极力赞美井水好喝，说这水是天下第一泉，清甜爽口，并劝山羊赶快下来，与他共饮。一心只想喝水信以为真的山羊，便不假思索地跳了下去，当他咕咚咕咚喝完水后，就不得不与狐狸一起共商上井的办法。

狐狸早有准备，他狡猾地说："我倒有一个方法。你用前脚扒在井墙上，再把羊角竖直了，我从你后背跳上井去，再拉你上来，我们就都得救了。”公山羊同意了他的提议，狐狸踩着羊的后脚，跳到他背上，然后再从羊角上用力一跳，跳出了井口。狐狸上去后，准备独自逃离。公山羊指责狐狸不信守诺言。狐狸回过头对公山羊说：“喂，朋友，你的头脑如果像你的胡须那样完美，你就不至于在没看清出口之前就盲目地跳下去。”

宝宝，这故事告诉你：做事之前应先考虑清楚事情的结果，然后才能去做，不能盲目地去相信那些不守信的人。

034 邋遢鬼的故事

从前有一个小孩，他不洗手，不洗脸，不讲卫生，浑身上下脏兮兮的，大家都叫他邋遢鬼。

一天，邋遢鬼坐在床上看童话书，当他看完一面正翻页时，一缕轻烟从书里飘了出来，变成了一个稀奇古怪的小精灵。小精灵抓起邋遢鬼的手说：“快走！垃圾王请你去赴宴，他想和世界上所有的邋遢鬼做朋友呢！”邋遢鬼跟着小精灵来到了垃圾王的王宫，哇！人可真不少呢，都和邋遢鬼一样蓬头垢面的。邋遢鬼肚子饿，赶紧去找吃的，来到自助餐桌旁一看，哇！全是自己喜欢的东西。邋遢鬼抓起一只鸡腿就啃，嚼了两口不对劲，仔细一看，有一缕长长的头发缠在上面。邋遢鬼放下鸡腿，抓起汉堡包，塞进嘴里，感觉还是不对劲，翻开一看，鸡肉上面粘着几根鸡毛。邋遢鬼再去抓奶油蛋糕，刚吃一口，就被什么东西硌了一下牙，吐出一看，是一片指甲盖。邋遢鬼生气了，端起一杯可乐正准备喝，突然发现装可乐的杯子上油腻腻的。

看到这些邋遢鬼正要发火时，小精灵跑过来对着他的胸口一推说：“快走！”邋遢鬼一惊，醒了过来，原来刚才做了一个梦。邋遢鬼马上起身跑进卫生间，接着冲凉、洗头、刷牙、洗脸。从此以后，邋遢鬼就变成了一个爱干净、讲卫生、人见人爱的好孩子了。

宝宝，这个故事告诉你：邋遢的孩子谁也不喜欢，一定要养成爱清洁、讲卫生的好习惯，做个大家喜欢的好孩子。

035 会摇尾巴的狼

一只狼掉到陷阱里去了，怎么跳也跳不出来。后来，一只老山羊慢慢地走过来了，狼连忙向老山羊打招呼：“好朋友！为了友情，帮帮忙吧！”

老山羊问：“你是谁？为什么跑到猎人安下的陷阱里去了？”

狼立刻装出一副又老实又可怜的模样，说：“我，你不认识吗？一只又忠诚又驯良的狗啊，为了援救一只掉到陷阱里的小鸡，我不顾一切，牺牲自己，一下跳了进来，就再也出不去了。唉！可怜可怜我这只善良的老狗吧！”

老山羊看了他几眼，有些不相信，说：“你真的是狗么？为什么你那样像狼，为什么你用狼一样的神气看着我？”

狼连忙半闭了眼睛说："我是狼狗，所以有些像狼。但是，请你相信，我的的确确是狗。我的性情很温和。我还会摇尾巴，不信你瞧，我的尾巴摇得多好。"

狼为了证明自己的话，就拖着那条硬尾巴来回摇了几下。"扑扑，扑！"它把陷阱里的一些土块都敲打下来了。

老山羊慌忙后退了一步，说："是的，你会摇尾巴。可是会摇尾巴的不一定都是狗。你真是一只狼狗吗？"

狼有些不耐烦了："没错，没错！我可以赌咒。快点吧，快点吧！为了友谊，只要你伸下一条腿来，我马上就可以得救了。我一出来马上就报答你。例如，我可以给你舔舔毛、帮你咬咬虱子。真的，我是非常喜欢羊，特别是老山羊的。"

老山羊还是有点犹豫，又往后退了一步："不成，我得考虑考虑。"

这时候，狼忍耐不住了，突然爆发起来。他咧开嘴，露着牙齿，对老山羊咆哮："你这老家伙！不快一点过来，你要干吗？"

老山羊冷静地看了它一眼，慢吞吞地回答说："什么也不干。因为你是狼。我看见你的尖牙齿了。去年冬天你咬我一口，差点没把我咬死。我一辈子也忘不了。你再会摇尾巴也骗不了我了，再见吧！"

宝宝，这个故事告诉你：坏人再怎么掩饰也掩饰不住它邪恶的本性。

036 做一只飞舞的蜻蜓

一只乌龟被海水冲到岸边的一块礁石旁，乌龟好奇地问：“你待在这里一动不动，不孤独吗？”礁石回答：“我已在这里待了几百万年，习惯啦！”乌龟吃惊地说：“啊？你竟然活了这么长时间，我却只能活一千年，真是不公平！”

乌龟碰到一头大象，友好地问：“象兄弟，你能活多少年？”大象回答：“七十年吧，你呢？”乌龟一听心理平衡了不少，骄傲地说：“一千年，不过石头能活几百万年，还真有点不公平。大象甩着长鼻子气得直喘粗气，说道：“你还不满足？我多可怜！”大象见到水牛，问道：“牛老弟，你能活多少年？”水牛回答：“四、五十年吧，象大哥。你呢？”大象一听高兴地说：“我比你多活二十年，不过比起乌龟那家伙可差远了，它能活一千年。”水牛低着头愤愤不平地吃着闷食。水牛在河边饮水时问邻居羚羊：“羊妹妹，能告诉哥哥，你能活多少年吗？”羚羊羞涩地回答：“你怎么打听女士年龄？人家才四岁，是妙龄女！”水牛一算，四岁是青年，说：“你不过能活一二十年吧？我比你多活三十年，但大象那家伙可比咱们活得长！”羚羊听后一脸不悦地走开了。

羚羊的背上“背着”一只飞鸟，羚羊问：“小家伙几岁了？”飞鸟回答：“我已不年轻了，都两岁了，活不了几年啦！”羚羊很吃惊，还有比自己“短命”的？它心理也平衡了一些，但一想到水牛又气愤地说：“小家伙，我和你都不如水牛幸运，水牛能活五十年，我活二十年，你就可怜喽！”飞鸟此时才知道原来自己如此不幸，伤心地飞开了。

乌龟、大象、水牛、羚羊、飞鸟在草地聚会，表面客气，内心却充满了妒忌。一只美丽的蜻蜓挥舞着金色翅膀在空中盘旋，飞鸟大声说：“蜻蜓姐姐有什么急事那么忙呀？”蜻蜓笑着回答：“你可千万别叫我姐姐，我只有不到一星期的存活时间，我必须充分利用这短暂的时光，尽快找到伴侣，生下自己的后代，就心满意足了！”

蜻蜓说完就飞走了。飞鸟、羚羊、水牛、大象、乌龟都抬起头，用仰视的眼神目送着这只飞舞的蜻蜓。

宝宝，这个故事告诉你：人应该学会满足，但满足不等于无追求。像蜻蜓那样珍惜眼前的时光，做力所能及的事，就不会心态失衡。

037 害怕影子的人

有一个人突然得了疑心病似的，走在路上发现总有一个黑影跟着自己，再瞧瞧地上，自己每走一步，还留下一个脚印，于是他心里十分惶恐。他走几步就朝后看看，一串脚印一直连到他的脚下，一个黑影与脚印连在一起，他害怕极了，总想摆脱这个黑影和这些脚印。他紧走慢走，影子也紧跟慢跟，他怎么也摆脱不了它们。

这个人走呀走呀，心烦意乱、诚惶诚恐。当他路过朋友家门口时，他实在累了，便进到朋友家里去歇会儿，喘息片刻。待他进了朋友家门，发现影子不见了，他才算长长嘘了一口气，说："这下好了，这下好了。"

朋友见他这般模样，很是奇怪，问他出了什么事，他又不好意思开口说实话，便支吾着说："没什么没什么，我只是走累了，想在你这里坐会儿。"

跟朋友聊了会儿天，休息了好半天，又见影子、脚印都没有了，这个人准备起身回家。于是他向朋友告辞，出门回家。当他一走在路上，发现影子、脚印又出现了，依然是一步不落地紧跟着自己。这一下他更加害怕了，他使劲地奔跑起来，企图甩掉影子和脚印。可是他跑得越快影子也跟得越快，他跑的步子越多脚印也越多。他想，可能是自己跑得不快才甩不掉影子的，于是他更加拼命地跑，一下也不敢停，甚至路过家门口时也不敢回去，他害怕把影子和脚印带回家去。他就这样拼命地奔跑不停，最后终于跑得筋疲力竭、心力交瘁而死去了。

宝宝，这个故事告诉你：只要有光亮就会有影子，没必要产生恐惧，更没必要摆脱它。即使实在不愿看到自己的影子、讨厌自己的脚印，那也只需要往阴处一站就可以，靠跑是不可能摆脱影子和脚印的。

Part 2

沐浴挚爱的缠绵真情：胎教童话故事

感触挚爱的缠绵真情：胎教童话故事

我曾无数次地思考神秘，但神秘却总是离我那么遥远，那么不可捉摸。

自从我怀了你，那是多么地令我惊喜，于是就像完成一件庄严的使命，我看着肚子一天天骄傲地隆起，觉得神秘就在我的眼前。

你诞生了，我觉得自己已经置身于神秘之中，世界因你发生了奇妙的变化，一个有你的世界是一个全新的世界。

001 减肥皮带

小狐狸开的商店专卖皮带。每天，小狐狸都扯着嗓子喊：“卖皮带啊卖皮带，这里的皮带品种齐全，美观大方，价钱便宜，保您满意！”许多天过去了，皮带一条也没卖出去。小狐狸真发愁。一天，小狐狸突然想出了个好主意，早晨，刚一开门，他又喊：“卖皮带啊卖皮带，这里卖的是减肥皮带，不论您有多胖，只要您系上我的皮带，保证您肚子变小，变苗条！”这一招真灵！河马大伯正为他的大肚子发愁呢，听说皮带能减肥，就立刻买了一条。大象公公也觉得自己的腰太粗，也买了一条。熊太太吃了许多减肥药，猪大婶抹了十几盒苗条霜，都瘦不下来，她们听说系一条皮带就能减肥，也都跑来买。结果，你一条，我一条，几个月没卖出去的皮带，不到半天都卖完了。

这一天，小狐狸早早就关了商店的门，他数着钱，非常得意自己的聪明。买了皮带的动物们都系上了新皮带，盼着自己的大肚子快点下去。十几天过去了，河马大伯觉得自己的腰并没有细下来，他找到大象公公说："大象公公，你的腰细了吗？""咳，细什么呀，刚才我还称了一下体重，又长了二十斤！"熊太太、猪大婶也来了。熊太太说："你们看，这皮带都快系不上了。"猪大婶也叫："你们瞧我的肚子，我都快看不见自己的肚脐眼了。"大家知道上了小狐狸的当，便一起解下皮带，去找小狐狸算账。

小狐狸见大伙气势汹汹地朝商店走来，知道事情不妙，想赶紧关门，可是，已经来不及了，大象公公的长鼻子一下就把小狐狸卷了过来。由熊太太动手，四条皮带全都系在了小狐狸身上。真奇怪，小狐狸一系上皮带，立刻像吹气似的，眼瞧着胖了起来，最后，竟成了个肉团。

"哈哈哈，这皮带还是留着你自己用吧！"望着哈哈大笑的伙伴们，小狐狸一步也走不动，一句话也说不出来。

002 好看的红皮鞋

路上走来一位小姑娘，“咯噔，咯噔”，走路的声音又清脆又好听。哟，她穿着一双新皮鞋，红红的，亮亮的，小熊好喜欢！他跟在小姑娘后面跑，小姑娘没发现，只管“咯噔，咯噔”地走着。路上有个大水坑，几只小虾在水中游来游去。小姑娘脱下鞋子，卷起裤管，去抓小虾。小熊轻轻跑过去，用爪子摸了摸红皮鞋，哎呀，真光滑！小熊又把红皮鞋套在脚上，哈哈，好看极了！小熊舍不得脱下皮鞋，他对自己说：“小姑娘一定是不喜欢这鞋子了，要不，干嘛把它扔在草地上呢？她不要，我要。”小熊就穿上红皮鞋，跑回家去了。

星期六晚上，小熊和大家一起去看表演。剧幕拉开了，台上有个小朋友在唱歌，歌声很动听，唱得真好呀！小熊心里想。忽然，小熊愣住了，唱歌的小朋友，就是那个穿红皮鞋的小姑娘。可这会儿，她的脚上没穿红皮鞋，穿的是一双很旧很旧的黑皮鞋。小熊看看自己脚上的红皮鞋，脸红了，比红皮鞋还要红。他脱下鞋子，跑上台，把它塞在小姑娘的手里就跑开了。小姑娘又表演了跳舞，她跳啊跳啊，脚上的红皮鞋一晃一晃，闪着亮光，真好看！回家的路上，小熊使劲地踩着地面，吧嗒吧嗒响，就像穿着红皮鞋一样神气。

003 圈圈阵

云雀时常在天空飞翔，它能看到许多发生在地面的新奇事儿。

一天，云雀见几只狮子追逐着一群斑马，眼看要接近了，斑马蓦地停下，迅速摆成一个大圆圈，一个个头朝里，尾朝外。狮子冲上来了，它们刚一触及圈圈阵，便有一只只强劲的后蹄乱踢过来，重重地捶打在狮子的脑袋和身上。狮子吼声震天，却无可奈何。它们吃了大亏，灰溜溜地撤走了。

云雀非常欣赏斑马的圈圈阵，它即兴编了一只新歌，“斑马阵，真厉害，头朝里，尾对外，踢得狮子嘴巴歪”，在空中欢快地唱了起来。

第二天，云雀正在蓝天里唱歌，却发现那几只狮子，紧紧追赶着一群野牛。距离越来越近了，野牛们“呼啦”一声撒开，形成了一个大圆圈。可是，它们一个个头朝外，尾向里。

云雀急坏了，飞来飞去喊道：“你们站错了，快，重来，像斑马那样，头向里，尾对外！”

野牛们虽然听到了，却不加理睬，镇定地屹立着不动。

一队大雁在牛阵上空飞动，听了云雀的呼喊，那只领头雁制止道：“云雀，别瞎叫了，野牛这样布阵是有道理的。”

说话间，饥饿的狮子都张开血盆大口，凶狠地扑向野牛。野牛们肩并肩，一齐舞动着头上的两只锐角，迎击挑衅者。进攻的狮子，狮子被角尖挑得头破血流，狼狈不堪，夹起尾巴逃窜了。云雀长长地吁了一口气，它一边赶着雁队，一边自我解嘲地说：“嚯，野牛站的位置，虽然与斑马不同，倒也挺顶用哩。”

领头雁嘎嘎地笑了，响亮地答道：“它们为了发挥自己的本领，站的位置确实相反，不过，它们的精神都极为可贵。那就是：在强敌面前，一定要团结。

004 胖小猪当轮流家长

猪爸爸和猪妈妈望子成龙，他们在观看了一次森林音乐会以后，就萌发了让孩子当钢琴家的念头，他们夫妇俩为孩子们买了一架钢琴。他们制定了严格的训练计划，让每天的轮流家长监督孩子们练琴。

这一天，胖小猪是轮流家长，他担负起了监督兄弟姐妹们练琴的职责。他倒背着手在兄弟姐妹们的背后走来走去。不时发出威严地训话："要认真一点！再来一遍！这样不认真是不行的！"突然，猪老大火了，他把一对猪蹄子放在了钢琴上："唉！累死我了！我不练了！还当什么钢琴家呀！"

胖小猪板着面孔对猪老大说："哥哥，你怎么可以这样呢？你是老大，应该为弟弟、妹妹们起个带头作用！"猪老大不服气地说："你少跟我说这个！你还不是重复爸爸、妈妈的话？再说，上星期训练的时候，谁光着脚在钢琴上踩来着，我还没有在钢琴上走呢！比你强多了！"

胖小猪一听，脸红到了脖子。他这下才知道了，要想说服别人，不能光在当轮流家长的时候表现突出，平时也要当一个好孩子。怎么办呢？兄弟姐妹们的眼睛都盯着胖小猪，看他怎样收场。

胖小猪想了想说："哥哥，你说得对极了，我平时有些淘气，哥哥提的意见很对，今后在别人当轮流家长的时候，我一定不再淘气了！请大家监督我！"

听了胖小猪的话，兄弟姐妹们都高兴地为胖小猪鼓起掌来，他的真诚令大家都很感动。猪老大一听胖小猪这样讲，也没有什么话好说了，只好把脚从钢琴上放下来。

从这以后胖小猪就表现得特别乖了。

005 树叶娃娃

秋天到了，秋姑娘唱着丰收谣送来了一阵阵凉凉的风。红叶娃娃、绿叶娃娃在树枝上摆过来摆过去。有一天，秋姑娘张开双臂，使劲伸了一个大大的懒腰，红叶娃娃一个一个跳下树枝，落在秋姑娘的怀里。树上的绿叶娃娃着急地喊："别跳！别跳！危险！"红娃娃们的心里也在害怕地想："是呀，我这么小，落下去干什么呢？"

红叶娃娃们刚来到地上，就赶上了一场秋雨。有的红叶娃娃吓得哭起来。这时，几只小蚂蚁爬到红叶娃娃的前面说："小树叶，谢谢你给我们挡住了风雨。"红叶娃娃高兴地说："不用谢小蚂蚁，能为你做点事情，我们很高兴。"突然，一只小鸟飞过来说："可爱的小树叶，我们家的房子漏雨了，你能帮我们修一修吗？"红叶娃娃说："我们很愿意。"雨停了，红叶娃娃们跟着秋姑娘来到小河边，几只小瓢虫看见了，大声地喊："小树叶、小树叶，我们要过河。你给我们当小船吧！"红叶娃娃送小瓢虫过了河，瓢虫们一起说："谢谢你们，我们一起去旅行吧。"红叶娃娃们说："不，我们要留在这里，和我的同伴们变成一条红色的被子，盖在树妈妈的身边。"红叶娃娃们自豪地说："是的，我们也该告别树妈妈了。"

来年，还会有满树的绿叶娃娃在春风里跳舞。

006 小袋鼠

草地上趴着一只小家伙，看上去像只大田鼠，只是两条后腿特别长，一条尾巴特别粗壮。它就是大袋鼠的儿子。可惜它太小了，不像它妈妈那样善跳会奔跑。

小袋鼠艰难地在草地上爬动，看见一只小羚羊在附近啃草，它便竖起身子，高傲地对小羚羊说："你知道我住在什么地方吗？说出来你准会羡慕死了，我住在妈妈的肚子里！妈妈的肚子有个袋子是专门装我的，里面又温暖又舒适，比什么丝绵被呀、鸭绒袋呀要高级得多。躺在妈妈的袋里，妈妈一蹦一跳，跑得飞快，我就比坐小轿车还痛快。有了好吃的东西，我还躲在妈妈的袋子里吃呢！小羚羊，你瞧我妈妈多爱我啊！你能享受到这一切吗？"

"我妈妈也很爱我，可它不是这么个爱法。"小羚羊回答道，"它带我们练跑，领我们寻草吃，晚上让我们自个儿睡觉，我认为这样挺好，如今我身子骨儿很结实哟！不好！"小羚羊忽然猛扇耳朵，警觉地说："我听见远处有狮子吼叫，我们赶快跑吧！"

小袋鼠慌了，它急得哭道："我要等妈妈来用袋子装我。"

小羚羊伏下身子喊："狮子的脚步声越来越近了，快，我驮着你逃开。"

"不行，那样会摔死我的！"小袋鼠死也不干，边在地上打滚边叫："我要妈妈，我要妈妈的袋子……"

小羚羊不能再等待，它一溜烟地跑开了。被妈妈娇惯坏了的小袋鼠，仍然在原地撒野、嚎叫。闻声奔来的狮子自然毫不客气，它一口就把这个被宠坏了的小家伙叼走了！

007 松鼠博士历险记

人类在原始森林旁建造了一个高科技研究中心，这件事竟成了动物王国的特大新闻。一时间，寂静的大森林沸腾了，动物们一传十，十传百，互相议论，互相猜测着，多数动物显得非常恐慌。

这几天狡猾的狐狸特别活跃，逢兽便说："人类建造这个研究所，主要是为了对动物进行研究，要捕捉各种各样的动物进行解剖，解剖后的动物就成了他们的美餐！"这可吓坏了动物们。

森林里，虎在吼，狼在嚎，野猪在狂奔，整个森林被搞得乌烟瘴气的。这时，一向遇事沉着的大象提出了一个方案：选出一个最机智、最勇敢的动物公民去进行实地调查，大家一致认为松鼠博士是最佳人选。

小松鼠不负众望，带着种种问题悄悄钻进了研究所。它来到一间正亮着灯的房间前，从窗外进行仔细观察，房中的一切设备和物品都成了它的侦察对象。然而，唯一引起它高度重视的是一张办公桌，桌上放着一本厚厚的书，一支长长的铅笔和一副大大的眼镜。

几天来，展现在小松鼠眼前的是：一位白发长者戴着这副眼镜，拿着铅笔在书上不停地画着、圈着。小松鼠心里想：奥妙也许就在其中了！它恨不得一下子跳到书桌上，看个究竟，可是现在不行，不行……

机会终于来了，一天，忙碌的长者终于走了，松鼠博士奋力跳到了书桌上，把那本书仔仔细细地看了一遍，它发现书上通篇讲的都是如何保护动物。

侦察完毕，小松鼠把书放好，离开时，对着书桌鞠了一个躬，表示对科学家的深深的敬意和衷心的感谢。

008 糖葫芦

小刺猬与小松鼠、小白兔一起在草地上玩，他们玩捉迷藏的游戏，好开心呀！一会儿，他们又在草地上玩翻跟斗，小刺猬倒竖蜻蜓，竖了好长时间，小松鼠、小白兔齐声叫好。小刺猬翻过身来，碰了小松鼠一下，小松鼠叫起来："哇，好痛呀！"

小松鼠被小刺猬刺得哭了起来。小白兔赶紧走过来，碰到了小刺猬，也被他身上的刺扎痛了，哭了起来。他俩边哭边说："小刺猬真坏，用刺扎我们，不和你玩了。"

小刺猬不好意思地说："我不是故意要扎你们的呀！"

小松鼠和小白兔不再理睬小刺猬。小刺猬难过极了，赶紧往家里跑去。一会儿，他又回来了，欢欢喜喜地对小伙伴们说："我背来了糖葫芦，向你们赔礼道歉啦！"

小松鼠、小白兔看到小刺猬的刺上扎满了糖葫芦，抹干了眼泪，伸手摘下糖葫芦，你一颗我一颗地吃了起来。小白兔说："小刺猬真的不是故意刺我们，可别怪他啦！"小松鼠说："对，我们一起玩吧！"小刺猬说："吃完糖葫芦再玩！"

糖葫芦真好吃呀，小松鼠从小刺猬背上摘下一颗最大的糖葫芦，塞到小刺猬嘴巴里，小刺猬说："真甜！"他们一会儿就把糖葫芦吃光了。三个小伙伴又在绿油油的草地上玩起来，欢声笑语在空中荡漾……

009 五彩哈欠

五颜六色的鲜花丛围着一幢美丽的小房子。小房子是一座快乐的幼儿园。幼儿园里住着许多漂亮又活泼可爱的小娃娃。小娃娃们白天玩得很快活。晚上，他们睡在一排排小小的木床上。老师轻轻地关上灯，小娃娃们该睡觉了。 可是，这些小娃娃可没睡着。他们睁开小眼睛，望着高高的天花板。望着望着，他们有点儿累了，就一起打着大大的哈欠。从他们张大的小嘴里，飞出一股股热气。这热气，聚集在天花板上，变成了一朵白白的云。

那朵云呐，好像一位奇妙的魔术师。云朵一会儿变成了妈妈的脸，好像在给孩子们讲故事；一会儿呢，云朵又变成了奶奶的脸，奶奶俯下身子，亲着每个娃娃的小脸蛋。再一会儿，云朵又变成了什么呢？娃娃们记不清了，他们已经睡着了。

这时候，这朵奇妙的云就从窗口飞了出去，它飘上了天空，然后呢，它又变成了小雨点，从天空落了下来。“沙啦，沙啦”，小雨点打在树叶上，仿佛在为娃娃们唱着轻悠悠的歌。娃娃们睡得更香更甜了。

早上，娃娃们来到院子里做早操，院子里五颜六色的小花告诉娃娃们，他们昨天打的一个哈欠，变成了一朵云，云儿又变成了小雨点。小雨点呢，被吸进一片片的绿叶里，绿叶丛中呢，又开出了一朵朵美丽的花。娃娃们听了都笑了，笑得“咯咯”响。因为他们发规，那一片片的绿叶就像他们一张张的小嘴，而那一朵朵的花，就像他们打的一个个非常可爱的五彩哈欠。

010 小鲫鱼的愿望

一只金黄色的小鸟，它又累又渴，从半空中掉下来，掉在一张荷叶上。绿色的荷叶像一张宽大的床，小鸟在上面睡着了。

一只大苍蝇飞来停在它的眼皮上，它也毫无知觉，一条小鲫鱼在水里游着，它看见了这一切“哦，多可怜的小鸟啊！它再不醒来，也许会饥渴死的！”于是，小鲫鱼用尾巴使劲地拍打着水面。一阵阵水花溅上了荷叶，几颗水珠跳进了小鸟的嘴里。小鸟从干渴中苏醒过来了，它扇扇翅膀，又喝了几口水，终于恢复了体力。

小鸟很感激小鲫鱼，它说：“谢谢小鲫鱼！我妈妈是山林、田野、湖泊的女神。我一定请她封你当这个池塘里的国王！”小鲫鱼说：“不！我不想当国王。不过，我有个愿望，我们这儿常有人来钓鱼和游泳，我的哥哥、姐姐还有很多好朋友都成了牺牲品。我太需要安宁的生活了！”小鸟想：“妈妈能管理山林、田野、湖泊，可是她管理不了人呐！怎么能阻止他们呢？”它想啊，想啊，最后终于想出了一个可以实现小鲫鱼愿望的方法。小鸟请妈妈施展魔法，让小池塘里长出很多很密的水草。钓鱼人的鱼钩被茂密的水草缠住了，游泳的人手脚被一道水草牵住了。

钓鱼的人说：“不不不，这是一个不能钓鱼的池塘！”

游泳的人说：“这是一个不能游泳的池塘！”小鲫鱼乐了，伸出头跟小鸟聊天：“你的主意真好！如今我们都像当了国王一样自在。谢谢你，也谢谢你的妈妈！”

011 露水姑娘

在那绿色的原野里，居住着一个家族，这个家族里有个漂亮的女儿，她生性温柔、活泼，待人热情，人们都亲切地叫她——露水姑娘！

在天空晴朗的夜晚，气温降低了，天气凉爽了，露水姑娘就会出现在小草儿、石头、麦苗儿和树叶上，吮吸着空气妈妈醇美的乳汁——水汽，在星星的陪伴下，渐渐长大了个儿。黎明驱散了夜幕，这时，露水姑娘在晨霞的映照下，好象无像颗晶莹的珍珠，洒满了田野，太阳公公送来了温暖的朝霞，照得露水姑娘全身热呼呼的，露水姑娘身上的汗水开始蒸发了，就像是变戏法儿似的，由大变到小，她又渐渐地隐蔽在空气妈妈的怀抱里！

春天到了，太阳公公把温暖的阳光洒向大地。冬眠的麦苗儿从睡梦中醒来，觉得身上暖洋洋的，它慢腾腾地抬起头，站起身来，看到迎春花身穿美丽的黄裙子，小草儿已把大地打扮成一片绿茵茵的，快嘴巴的小燕子在空中箭一般地上下翻舞。麦苗儿张开嘴大口大口地呼吸着温暖清新的空气。露水姑娘知道春天雨水少，麦苗儿需要水分，她悄悄地爬到麦苗儿叶子上，把自己身上的水分奉献给了麦苗儿。麦苗儿被露水姑娘的助人为乐精神所感动，它用露水姑娘赠给自己的水分湿润了喉咙和全身，顿觉精神起来，恢复了旺盛的生机，然后她说了声：“谢谢您，露水姑娘！”。风婆婆看到露水姑娘的美丽和高尚品质，情不自尽地鼓起掌来。这下子可羞坏了露水姑娘，只听噗嗒、噗嗒……，她们一个个从麦叶上跳下来，一头钻进了大地的怀抱里！从此以后，露水姑娘总是躲着风婆婆。

只有当风婆婆不在时，晴朗、无风、凉爽的夜晚或早晨，她才出来尽情地玩耍。

012 一根羽毛

高高的悬崖上，住着鹰的一家。鹰妈妈就要生蛋了，她拔下一些羽毛，准备为她的小宝宝们布置一张既温暖又舒适的床。

一阵风吹过，一根羽毛趁机飞了起来。它想："我可不愿呆在这个窝里，我要去找一个更适合我的地方。"

一朵白云飘过来，轻轻地托住小羽毛："喂！小羽毛，我们一起去周游世界，好吗？"小羽毛撇了撇嘴："哼，我是鹰的羽毛，鹰飞得比你高多了。我要去找一个更适合我的地方。"说完，它使劲一跳，离开了白云，继续在天空飘来飘去。

一只小鸟看到了它，高兴地喊："好大一根羽毛，铺到窝里肯定很暖和。"说着，小鸟就用嘴去衔那根羽毛。小羽毛借着风力一下躲开，说："喂！看清楚了，我可是鹰的羽毛！老鹰，你不怕吗？他拿你们小鸟当点心呢！"小鸟哈哈笑了："你不过是鹰的羽毛，离开了老鹰，你就只是一根羽毛，只配让我拣去铺床！"小羽毛气得浑身发抖，说不出话来。忽然，一阵狂风夹着雨点刮过来，小鸟惊慌地扑扑翅膀飞走了。雨点落在小羽毛身上，风卷着小羽毛上下翻飞，小羽毛渐渐晕过去了。

等小羽毛醒来，发现自己正躺在地上，身上沾满了泥水，脏得厉害。它使了使劲，想再飞起来，可是已经飞不起来了。小羽毛伤心地哭了起来。

这时，一个漂亮的小女孩走来了，她惊奇地叫起来："呀！我还从没见过这样的羽毛呢。”她轻轻地捡起小羽毛，跑去问妈妈。妈妈仔细看了看，高兴地说：“这是一根鹰的羽毛！”小女孩小心地捧着小羽毛，用清水洗净，晾干，妈妈就用这根鹰的羽毛和几根花公鸡的羽毛为小女孩做了一个羽毛毽。小女孩在院子里快活地踢着，羽毛毽在空中一上一下。看着小女孩笑得那么开心，小羽毛也开心地笑了。

013 初次离开妈妈的黄鹂鸟

一只小黄鹂鸟，第一次离开妈妈，自己外出捕虫了。

当小黄鹂飞了一天，疲倦地回到家里时，妈妈问他都看到、听到些什么。

小黄鹂说：“除了虫子，我什么也没看到。”

妈妈失望了，说：“我们不是光为了虫子而生活的。”那只小黄鹂鸟，第二天又疲倦地飞回来了。

妈妈问他看到、听到些什么。

小黄鹂说：“我看到一只老白头翁真可怜，她老得已经不能捕虫了，我把捕到的虫子送给了她。”

“我还看到一只小百灵鸟，她的歌声真好听，我听了半天，我想将来我也许会唱得比她更好听的。”

妈妈高兴极了，她说：“你开始懂得怎样生活了！”

014 一串快乐的音符

有一串快乐的音符。他们是从哪里来的，连他们自己也搞不清楚。也许是一位音乐家用提琴奏出了他们；也许是个初学钢琴的女孩子在键盘上弹出了他们；也许是骑在牛背上的小牧童用短笛吹出了他们；也可能是个小男孩走在田埂上，用轻快的口哨吹出了他们……

反正，他们刚一获得生命，就串联在一起，快乐地飞跑在田野上。他们甚至来不及回头看一看，是谁奏出了他们。他们一个拉着一个的手，像轻风一样在田野上跑着，唱着。他们从快乐的小鸟身边跑过，小鸟没有他们唱得好听；他们从奔流的小溪身边跑过，小溪没有他们唱得深情。他们跑过森林，跑过草丛，跑过群山间的峡谷……

小音符们不愿意停留下来，他们到处飞跑，多么高兴。在城市的一幢小楼上，有一扇小窗开着，对着星星闪烁的夜空。小音符们感到很好奇，就钻了进去。哦，里面有个白头发的老奶奶。他的老伴，一个温和幽默的老爷爷去世了，老奶奶感到很孤独，她在思念老爷爷。突然，她听到了从窗外飞进的小音符们的歌。啊，多么熟悉的歌，这是老爷爷在年轻时最爱哼唱的歌。后来这曲子陪伴老爷爷和老奶奶生活了很长的岁月……

老爷爷虽然离去了，可这段快乐的歌还在。如今歌声又飞进来了，就像当年老爷爷在轻柔的月光下，轻轻地哼唱着。老奶奶含着晶莹的泪花，她笑了，笑得很动情。

不知为什么，小音符们再也跑不动了，他们也不想跑了。小音符们手拉手地钻进了老奶奶的心里，他们愿意留在那里。当老奶奶寂寞时，他们就轻轻地哼唱着。

唱着这支他们年轻时曾经哼唱过的曲子……

015 龟兔赛跑

兔子长了四条腿，一蹦一跳，跑得可快啦。

乌龟也长了四条腿，爬呀，爬呀，爬得真慢。

有一天，兔子碰见乌龟，笑眯眯地说：“乌龟，乌龟，咱们来赛跑，好吗？”乌龟知道兔子在开他玩笑，瞪着一双小眼睛，不理也不睬。兔子知道乌龟不敢跟他赛跑，乐得摆着耳朵直蹦跳，还编了一支山歌笑话他：

乌龟，乌龟，爬爬，

一早出门采花；

乌龟，乌龟，走走。

乌龟生气了，说："兔子，兔子，你别神气活现的，咱们现在就来赛跑。"

"什么，什么？乌龟，你说什么？"

"咱们这就来赛跑。"

兔子一听，差点笑破了肚子："乌龟，你真敢跟我赛跑？那好，咱们从这儿跑起，看谁先跑到那边山脚下的那棵大树。预备！一，二，三，跑！"

兔子撒开腿就跑，跑得真快，一会儿就跑得很远了。他回头一看，乌龟才爬了一小段路呢，心想：乌龟敢跟兔子赛跑，真是天大的笑话！我呀，在这儿睡上一大觉，让他爬到这儿，不，让他爬到前面去吧，我三蹦二跳的就追上他了。“啦啦啦，啦啦啦，胜利准是我的嘛！”兔子把身子往地上一歪，合上眼皮，真的睡着了。

再说乌龟，爬得也真慢，可是他一个劲儿地爬，爬呀，爬呀，爬，等他爬到兔子身边，已经累坏了。兔子还在睡觉，乌龟也想休息一会儿，可他知道兔子跑得比他快，只有坚持爬下去才有可能赢。于是，他不停地往前爬、爬、爬。离大树越来越近了，只差几十步了，十几步了，几步了……终于到了。

兔子呢？他还在睡觉呢！兔子醒来后往后一看，唉，乌龟怎么不见了？再往前一看，哎呀，不得了了！乌龟已经爬到大树底下了。兔子一看可急了，急忙赶上去，可已经晚了。乌龟已经胜利了。

兔子跑得快，乌龟跑得慢，为什么这次比赛乌龟反而赢了呢？

016 小矮人的大布袋

街上走来一个小矮人，小矮人背着一个大布袋。这时，有两个巨人在打架。小矮人叫：“别打架，别打架！”“小孩别管闲事！”两个巨人一起对着小矮人扬了扬拳头。小矮人张开大布袋，叫：“进来进来！”

“啊！”两个巨人糊里糊涂地缩小了，惊叫着被吸进大布袋。这时，街上有人在喊抓小偷，一个小偷慌慌张张地在逃。小矮人张开口袋叫：“进来进来！”小偷又缩小了，钻进了大布袋。忽然，一辆卡车闯过了红灯，小矮人张开口袋又叫：“进来进来！”卡车呼呼地缩小，稀里糊涂地钻进了大布袋。小矮人将大布袋背进警察局，说：“你们要处理的人我都带来了！”

警察问：“人呢？”小矮人打开大口袋：“出去出去！”卡车开了出来，渐渐变大。小矮人说：“这辆车闯红灯！”两个小人走了出来，渐渐变成巨人。小矮人说：“他们在街上打架，劝不住。”

两巨人叫道：“太闷了太闷了！”警察惊奇地说：“啊！真是怪事了！”小矮人将布袋一抖，小偷被抖了出来。小矮人指着他说：“他是小偷。”

小偷惊异地叫道：“哇，我的骨头都要散了，这是哪里呀？”“这是警察局！”小矮人答道。

“再见！”小矮人将大布袋往肩上一放，走了。巨人小偷都被警察带走了。

017 小马过河

小马和他的妈妈住在绿草茵茵的十分美丽的小河边。除了妈妈过河给河对岸的村子送粮食的时候，他总是跟随在妈妈的身边寸步不离。

他过得很快乐，时光飞快地过去了。

有一天，妈妈把小马叫到身边说：“小马，你已经长大了，可以帮妈妈做事了。今天你把这袋粮食送到河对岸的村子里去吧。”

小马非常高兴地答应了。他驮着粮食飞快地来到了小河边，可是河上没有桥，只能自己淌过去。小马不知道河水有多深呢？犹豫中的小马一抬头，看见了正在不远处吃草的牛伯伯。小马赶紧跑过去问道：“牛伯伯，您知道那河里的水深不深呀？”

牛伯伯挺起他那高大的身体笑着说：“不深，不深。才到我的小腿。”小马高兴地跑回河边准备淌过河去。他刚一迈腿，忽然听见一个声音说：“小马，小马别下去，这河可深啦。”小马低头一看，原来是小松鼠。小松鼠翘着她的漂亮尾巴，睁着圆圆的眼睛，很认真地说：“前两天我的一个伙伴不小心掉进了河里，河水就把他卷走了。”小马一听没主意了。

牛伯伯说河水浅，小松鼠说河水深，这可怎么办呀？只好回去问妈妈。

马妈妈老远就看见小马低着头驮着粮食又回来了。心想他一定是遇到困难了，就迎过去问小马。小马哭着把牛伯伯和小松鼠的话告诉了妈妈。妈妈安慰小马说："没关系，咱们一起去看看吧。"

小马和妈妈又一次来到河边，妈妈这回让小马自己去试探一下河水有多深。小马小心地试探着，一步一步地淌过了河。噢，他明白了，河水既没有牛伯伯说的那么浅，也没有小松鼠说的那么深。只有自己亲自试过才知道。

小马深情地向妈妈望了一眼，心里说："谢谢你了，好妈妈。"

然后他转头向村子跑去。他今天特别高兴，你知道是为什么吗？

018 不肯冬眠的小黑熊

黑熊妈妈在一棵最粗的树干上，打了一个大洞，让小黑熊尼尼在树洞里冬眠。"乖孩子，你瞧，"熊妈妈说，"多宽敞的屋子呀！好好睡上一觉，明年春天醒来，你就大一岁啦！"说完熊妈妈回自己的树洞里去了。可是小黑熊尼尼却不愿意睡觉。它想：要睡整整一个冬天，多没意思呀！让我在这大屋子里痛痛快快玩一玩吧！尼尼最爱画画，它掏出画笔，在树洞顶上画上蓝天、白云和风筝，在树洞四周墙上画上鲜花、绿树和小溪。"咚！咚！"熊妈妈不放心尼尼，又来敲门了，"乖孩子，你睡着了吗？"

尼尼开门问妈妈："干吗要睡觉呀？"妈妈说："是冬天了，就应该睡觉嘛！""不，妈妈，"尼尼指着大屋子说："您来看呐，这里是春天呢！"熊妈妈进屋一看，呵呵笑着说："太好了，果然是春天。那我也不睡了，让我们一块儿玩吧！"一只小鸟飞到窗前，寒风吹得它浑身哆嗦。尼尼开窗对小鸟说："快进来吧，别害怕，这儿有春天！"小鸟进屋一瞧，高兴地说："真的是春天！多好的春天啊！"小鸟唱着春天的歌。大树边结了冰的小河奇怪地问："你唱些什么呀？现在可是冬天！"小鸟指着最粗的大树说："不，是春天呢！你瞧那儿。"小河一看，熊妈妈和小熊尼尼正在窗口向它招手呢！要是冬天，它们早该睡了。对！小河一抖身子，冰块唏哩哗啦全碎开了。

这一年，大树林里的冬天特别短；这一年，大树林里的春天来得特别早。小动物们又高兴又奇怪。它们不知道，这些都是小黑熊尼尼的功劳呢！

019 草莓人的智慧

草莓人是个好奇的女孩，喜欢到野地里去收集许多很奇异的东西做玩具。它在森林边上发现了一种像宝石一样的五彩蘑菇，为了采到蘑菇，它走进了树林中。草莓人正采着蘑菇，忽然出现了一位隐居在森林里凶恶的瞎女巫。原来是她在路上撒了这些蘑菇，想引诱小孩子。瞎女巫捉住了草莓人，她用长长的狗一样的鼻子嗅了嗅草莓人：“唔，这个孩子的味道一定不错。”草莓人赶紧告诉瞎女巫：“我是一种好闻却不好吃的水果，我可以找到真正好吃的水果。”“真的吗？”老女巫听见了草莓人的话半信半疑地说：“你如果说谎，我立刻吃了你！”

瞎女巫用绳子绑住草莓人，挎着个大口袋一起走出森林去寻找可口的水果。草莓人看见路口有许多驴粪球，赶紧告诉瞎女巫：“这就是一种好吃的果子。”女巫闻了闻说：“这果子怎么这么臭啊！”“好闻的不好吃，好吃的不好闻。”草莓人说服了瞎女巫，瞎女巫把许多驴粪球都放进了大口袋里。她们继续赶路，她们又发现了许多新“水果”，瞎女巫喜滋滋地在口袋里放进了许多牛粪和鹅卵石。“你还想尝尝这种更棒的水果吗？”草莓人把正在睡午觉的大刺猬拖到了瞎女巫面前。瞎女巫用嘴狠狠咬了刺猬一口，大叫：“好疼啊！”她知道上当了，赶紧逃走了。女巫背着装满了“假水果”的口袋掉进小河里淹死了，机智的草莓人战胜了森林里最可怕的坏蛋。

020 真正的大力士

一天，小兔提着篮子蹦蹦跳跳地去小树林采蘑菇。他刚走到竹园，就听见“咕噜噜”的声音，一块大石头滚下来挡住了去路。小兔想，这块大石头挡住路了，我来把它搬走。

小兔使劲地搬，“嗨呦嗨呦”，它使了很大的力气，可大石头一动也不动。小狗路过看见了，便走上前去帮小兔一起搬。“嗨呦嗨呦”，它们俩使劲地搬着，可大石头还是一动也不动。小黑熊来了，它拍拍巴掌，抱住大石头使劲地搬着，可大石头还是一动也不动。

小兔说：“要是我们三个一起用劲推，也许可以推动大石头。”于是，三个伙伴一起使劲地推大石头。可是大石头还是一动也不动地挡在路上。怎么办呢？突然，小兔尖叫起来：“哎呀，动了，你们瞧！大石头动了！”小黑熊说：“胡说，没有人搬它，大石头怎么会自己动呢？”话没说完，小黑熊也看到大石头动了一下，这是怎么会事呢？三个伙伴吓坏了，赶紧躲进竹林里去了。

大石头真的在动，它的一边在一点儿一点儿慢慢的往上抬，越抬越高了，“咕噜”一下，大石头翻了个身，滚到了路边上。小兔他们三个这才跑上前去看，只见小路上冒出了一根新长出来的竹笋，又粗又壮。“哎呀，原来是竹笋把大石头顶翻的。”小狗说。“竹笋的力气可真大呀！”小兔说。“都说我是个大力士，真正的大力士应该是竹笋！”小黑熊佩服地说。

021 小乌龟找工作

邮局要招收邮递员。小乌龟想去报名。小乌龟来到了邮局，正巧小袋鼠也来报名，邮局的驼鸟主任便给他们每人发了一顶漂亮的帽子。小乌龟头小，帽子也小，只有半个苹果大，但戴上也挺漂亮。

第二天一早，小乌龟和小袋鼠就出发去送信了。小袋鼠蹦呀蹦，一天送了100封信；小乌龟爬呀爬，一天只送一封。傍晚，他俩都回到邮局。小袋鼠肚皮上的袋子里空空的，小乌龟背上的背包里还是鼓鼓的。驼鸟主任说；“对不起，我们只能要小袋鼠。小乌龟，请你再到别处去找工作吧。”“我一定会找到工作的。”小乌龟把绿色的小帽子还给了驼鸟主任。

小乌龟走着走着，遇见了小猴。小猴告诉小乌龟，消防队正在招收队员，他是去报名的。小乌龟说：“当一名消防队员也不错。”他就和小猴一起去了。消防队的熊队长见他俩来报名，就给他们每人发了一个红色的小水桶。小乌龟个子小，水桶也小，只有一个酒杯大，不过提着也挺神气。突然，响起了消防警报。院子里的乌鸦窝失火啦！熊队长命令小乌龟和小猴马上上树救火。小乌龟越急脚越滑，围着大树转圈圈。小猴轻轻一蹿就上了树，马上把火浇灭了。熊队长说："考试结束。对不起，小猴可以留下，小乌龟请你再到别处去看看吧。""我一定会找到工作的。"小乌龟把红色的小桶还给了熊队长。

从这天起，谁也不知道小乌龟到哪里去了。过了不久，城里来了一个杂技团。驼鸟主任、小袋鼠、熊队长和小猴子都来看表演，紫红色的大幕拉开了。突然，小猴叫起来："哎！你们看！那不是小乌龟吗？"大伙儿仔细一瞅，可不，趴在最下面，背上驮着大象的，正是小乌龟。原来他当杂技演员啦！

022 小白猪和小黑猪

小白猪住在西山，他在西山坡上种了山芋；小黑猪住在东山，他在东山坡上也种了山芋。

转眼间，到了收获山芋的时候，小白猪忙了一整天，收获了不少山芋。晚饭后，小白猪拿起报纸，看到了一则新闻，题目是种山芋的能手种出“山芋王”。里面写到：“东山的小黑猪每天辛勤劳动，今年他种的山芋获得大丰收，最大的一个‘山芋王’重5公斤。小黑猪真是一位种山芋的能手！”小白猪很生气，心想：小黑猪种山芋的本事还是向我学的呢，他的山芋种也是我给的，凭什么他成了种山芋的能手呢？

小白猪气呼呼地打开电视，电视里小狗记者在采访小黑猪。小黑猪说：“我种山芋的本领是西山的小白猪教的，我的山芋种也是小白猪给的，我能种出‘山芋王’全靠小白猪，小白猪才是真正的种山芋能手。我的脚扭伤了，不能去小白猪那里谢谢他，请小白猪原谅。”

看到这里，小白猪赶紧朝东山小黑猪家跑去。小黑猪看见小白猪，高兴地拉着他的手说：“小白猪，谢谢你教我种山芋的本领，你才是真正的种山芋的能手，这个‘山芋王’送给你。”

小白猪抱着“山芋王”，涨红了脸说：“小黑猪，是你辛勤劳动才种出这么大的‘山芋王’，你才是真正的种山芋的能手呢！”小狗记者说：“你们两位都是种山芋的能手，一起来合个影吧。”

瞧，小白猪和小黑猪肩并肩坐着，一起抱着“山芋王”，他们笑得甜甜的。

023 蝴蝶灯

小花猫的姑妈从国外回来，打扮得漂漂亮亮的。

姑妈一边拿出一个用缎带扎着的盒子，一边说“送你一件很实用的东西。”小花猫打开盒子，惊喜地叫到“咦，这是什么？像灯一样的。”姑妈说：“这是灭蚊灯，只要一开灯，蚊子就会被这灯光引来，然后就可以灭掉蚊子”小花猫说：“真好玩！”当天晚上，小花猫开亮了灭蚊灯。可是好半天没有引来一只蚊子，小花猫挺失望。

姑妈有些尴尬地说“也许这外国造的灯只能引来外国蚊子？”第二

天，小花猫把灭蚊灯引不来蚊子的事告诉了小花狗，想让小花狗帮她修一修灭蚊灯，小花狗只好答应了。小花狗把灯拆开了，又装好了。小花猫说：“试试吧。”然后就开亮了修过的灭蚊灯。可是蚊子还是没来，小花猫又不高兴了，为了让小花猫高兴，小花狗只好跑到远远的树林里，用自己的身体引来一群蚊子。他在前面跑，蚊子们嗡嗡嗡嗡在后面追。

跑到小花猫门口时，小花狗跑累了，被蚊子追上了。蚊子们饱饱地吃了一餐，对小花狗嗡嗡地说再见，又都飞了回去。小花狗满身肿包，对小花猫说：“对不起，我没能把蚊子引进来”。

突然小花猫指着窗外说：“你瞧，蚊子来啦！”可是小花猫看错了，飞进屋来的不是蚊子，是蜜蜂！小花狗赶紧关灯，蜜蜂们才又飞了出去。小花狗只好再次修灯……这次蜜蜂不来了，来了一群大蚂蚁！小花狗第三次修灯。这次更可怕，灯一亮，一条条青虫朝屋里爬。还好，青虫们开始脱壳了，有一只蝴蝶从壳里飞了出来。一会儿，满屋子都是蝴蝶了。

小花狗指着灯问小花猫：“还需要再修吗？”小花猫说“别修了，就叫它‘蝴蝶灯’吧！”

024 花儿欢迎谁

清晨，蜜蜂哥哥带着弟弟小蜜蜂去采花蜜，一路上，兄弟俩高高兴兴，有说有笑。忽然，迎面飞来了一只苍蝇，小蜜蜂狠狠骂了一声：“讨厌！”随即拉着蜂哥哥转过头，又朝另一个方向飞去。不料，这只没皮没脸的苍蝇竟也来了个急转弯，又一次迎面飞来，并且伸出双手，挡住了蜜蜂兄弟俩的去路。

小蜜蜂火了。伸着尾针，准备冲着苍蝇螫去。蜂哥哥马上喊住弟弟：“住手！”然后又问苍蝇：“你想干什么？”

“我已经好几天没有吃到东西了，饿得我头晕眼花。”苍蝇可怜巴巴地说。

蜂哥哥厌恶地打断苍蝇的话，说：“你不是以偷吃为生吗？有偷的本事，怎么会饿成这样！”

“我到肉案子上，被人撵走；到鱼摊子上，人家又使劲地轰我；飞到食堂里，又差点被一拍毙命……”

“活该！”小蜜蜂咬牙切齿地说，“这叫‘老鼠过街，人人喊打’！罪有应得。谁叫你尽做伤天害理、危害人们身体健康的坏事呢！”

苍蝇不去理会小蜜蜂的话，只是对大蜜蜂哀求道：“好蜜蜂，求求你，给我指一条生路，带我去找点吃的吧。”

“我们又不吃鱼肉，根本不知道哪儿有你的生路。”蜂哥哥更加厌恶地白了苍蝇一眼，然后转而自豪地说，“我们只吃花蜜。”

“对！对！”苍蝇赖着脸皮，赶紧说，“听人家说，花蜜中的营养最丰富，最有益于健康，干脆你就带我去吃花蜜吧。”

“去、去，想得倒美！那花蜜是你吃的东西吗？”小蜜蜂气愤地说，“我们是要为花儿传粉的！”

就在小蜜蜂训斥苍蝇的时候，蜂哥哥眉头一皱，计上心来。它急忙改变了面部表情，和颜悦色地对苍蝇说：“好吧，你跟我来！”说着，自己先带头在前边飞了起来。

小蜜蜂一看，便知道蜂哥哥是领着苍蝇飞向百合花园，它急了，紧飞几步，追上哥哥，说：“不能带这个坏蛋去花园，太恶心了，饿死活该！”

蜂哥哥将一个手指放在唇边，“嘘”了一声；然后，又朝小蜜蜂诡秘地挤挤眼睛说：“别着急，我绝不会做出让你不高兴的事情来的。”

一飞到百合花园中，苍蝇就来了劲头，恨不得马上扎进花中猛吸花蜜，但又怕惹得蜜蜂不高兴，只得强忍着欲滴的馋涎，讨好似的张开它那只会贪吃的笨嘴，故做斯文地喊道：“满园这样的百合花，多像一只只黄金铸成的漏斗呀，太美了。”苍蝇本以为，这句挖空心思拼凑出来的赞语，会博得蜜蜂的好感，没想到换来的却是一阵沉默。它抬头一看，原来蜜蜂兄弟早已在花丛中忙碌起来了，根本就没有注意自己。

苍蝇不再说什么了，赶忙一头扎进百合花丛中，东舔一口，西舔一口，但是，舔了半天，却始终没有尝到一丝丝香甜的花蜜，它急躁地喊道：“花蜜在哪里？花蜜在哪里？快快告诉我，花蜜到底在哪里！”

“哥哥，别告诉它！”

“没关系，告诉它，它也吃不到的。”蜂哥哥小声对着弟弟说完之后，对着苍蝇大声说：“百合花的花蜜在它漏斗形的花的底部的头状花序里。你要这样吃。”说完，蜂哥哥又将自己长而尖的嘴伸到了花的漏斗底部，吃了起来。

小蜜蜂明白了哥哥的意思，便更加专心致志地将长嘴伸到花的漏斗的底部吸起蜜来，并且故意吸得很响，表示自己吃得很香。目的是要狠狠地捉弄下苍蝇。

苍蝇果真被引得馋水直流，急得在花中转来转去，但无论它怎样使尽了平生的力气，无论怎样狠命地把嘴往里伸，却怎么也够不到花的漏斗底部。最后，它只得长叹一口气，道：“都怪老天爷，没有给我一张长嘴，害得我吃不到花粉。”

“你也不用怨天怨地，这是因为百合花不欢迎你这可恶的坏东西，故意将花蜜深藏的！”小蜜蜂得意地大笑着说。

“麻烦你！”苍蝇不愿意再在小蜜蜂面前自讨没趣，只对着蜂哥哥说：“带我到花形不是这样漏斗状的花中去吧。”

“别理它，讨厌！”小蜜蜂边说，边朝地上吐了一口唾沫。

“弟弟，大度一些，”蜂哥哥朝小蜜蜂使了一个眼色，说，“再帮它一次忙吧。”说着，便带领着苍蝇向不远的湖上飞去。

湖面上盛开着荷花，有红色的，白色的，还有粉红色的，一片连着一片，好看极了。蜂哥哥对苍蝇说：“去吧，那些荷花里有的是花蜜，就看你有没有本事吃到它了。”

“哥哥，你干嘛把这坏家伙带到这么好的地方来？”小蜜蜂不解地问。

“放心，它吃不到花蜜的。”

“为什么？”

“因为它的身体比我们轻多了。”蜂哥哥胸有成竹地说。

就在蜜蜂兄弟细声交谈的空当儿，苍蝇已经扑向了一朵最大的白色荷花，迫不及待地在白荷花上乱舔，舔了好一阵子，结果还是什么也没舔到。想问，又不敢再问，生怕大蜜蜂说自己没本事，小蜜蜂又要奚落自己，只好抬头看看蜜蜂们怎样吃花蜜，也好偷偷地学点本事。它眼看着蜜蜂兄弟俩，停在一朵红色的荷花上，使劲地吸着花蜜，半天不抬头。过了好一会儿，小蜜蜂大概是吸累了，抬头喘气的时候，发现苍蝇在目不转睛地望着自己，便没好气地说了一句：“恶心！离我们远点！”说着，自己就拉着大蜜蜂飞到更远的一朵粉红色荷花上停了下来。

苍蝇不去理会小蜜蜂的话，却仍用目光跟随着蜜蜂兄弟的一举一动。这次，它可看明白了，原来荷花的花蜜是用花瓣包裹着的，蜜蜂停在花上，把腿一伸，脚一顿，花瓣就弯下来，露出裹在里面的花蜜，随后蜜蜂兄弟就甜甜地吸了起来。

看到这些，苍蝇心中一高兴，便禁不住喊道：“我学会了。伸伸腿，顿顿脚，谁不会！”于是，它便在花瓣上如法炮制起来。它使劲地伸腿呀，顿脚呀，可是那荷花瓣就是不弯下来。把苍蝇气得在荷花上又蹦又跳，破口大骂。骂蜜蜂诡计多端，乘人之危，戏弄人。

蜂哥哥对苍蝇说：“这能怪我吗？你这么坏，花儿当然不会欢迎你了。活该，饿死你个坏东西！”说完，便拉着小蜜蜂飞走了。

一边飞着，小蜜蜂一边竖着大拇指对蜂哥哥说：“哥哥，你真棒。还挺有心眼儿的，把那坏家伙整得够呛。”

“那当然！”蜂哥哥开心地说，“对付这种坏东西，就得动点智慧。不然，怎么能解这心头之恨呢。”

025 害羞的小精灵

很久很久以前，有一个十分漂亮的小精灵，她穿着洁白的小裙子，还有一对绽放着五颜六色光芒的翅膀。

这也是一个特别容易害羞的小精灵，一看到陌生人就会紧张地躲起来。大家非常喜欢小精灵，所以常常来看望她。可是害羞的小精灵为了不让别人看到自己只好经常搬家。搬来搬去，最后小精灵在一个大萝卜里安了新家。大萝卜里面很干净，还有一股淡淡的清香呢。这个新家很温馨，小精灵开心地挥动着五彩翅膀跳起了舞。没过多久，一个老婆婆意外地发现了这个大萝卜，欢欢喜喜地把萝卜抱回了家，准备第二天煮一锅香喷喷的萝卜汤。还不知道大萝卜里面住着一个害羞的小精灵呢！

小精灵不知道自己跟着大萝卜来到了老婆婆的家，所以准时开始了每晚的歌唱。歌声非常动听："我的名字叫小精灵，喜欢月亮和星星。"

老婆婆被歌声吵醒了，发现了大萝卜里的小精灵，"你是谁呀，唱歌的小姑娘？"老婆婆问。小精灵很害羞，过了好一会儿才开口说："我是小精灵。"老婆婆一听，高兴地问："你愿意留在我家，和我做伴吗？"小精灵愿意吗？她可是最害怕陌生人的啊。

可是想到老婆婆那么孤单，小精灵勇敢地决定留下来陪伴老婆婆。就这样，小精灵成了老婆婆家的一份子，开心地生活着。现在，小精灵不再害羞了，她最快乐的事情就是给大家唱歌、跳舞。

026 熊丫头的玫瑰红裙子

熊丫头是个爱漂亮的小姑娘。今天，是熊丫头的生日，她妈妈给她做了一件雪白的裙子。熊丫头穿上白裙子，她出门走了一圈，大家都说她很漂亮，像一朵白白的小云朵。熊丫头想，小花鹿姐姐有件玫瑰红的裙子，那才叫漂亮，走在绿树丛中，像朵花儿一样美丽。这白白的裙子，有什么好看的。熊丫头想着想着，她就独自走到山坡后面，那里盛开着一大片玫瑰花。熊丫头摘了一大把鲜红的玫瑰，她把玫瑰花的花瓣儿都摘了下来，有满满的一篮子呢。熊丫头把玫瑰花瓣儿和她那件雪白雪白的裙子，一起扔进了洗衣机里，哗哗地洗了起来。不多一会儿，白裙子就被花瓣儿染成玫瑰红的了。熊丫头穿上玫瑰红的裙子真高兴。啊，玫瑰红的裙子，还散发出玫瑰花的香味呢。

熊丫头想出门去走一圈，让大伙儿瞧一瞧。可她没走上半圈，就被一群蜜蜂给盯上了。原来蜜蜂发现山坡后的玫瑰花都失踪了。现在，他们在香味的指引下，终于发现这里有一朵朵大大的、红红的、会走路的玫瑰花。蜜蜂们别提多高兴了，嗡嗡地紧追着熊丫头。熊丫头提着红裙子，飞快地逃着。她怕蜜蜂停在她的头上痒痒的，她怕蜜蜂会蜇她的屁股，她还怕蜜蜂会钻进她的鼻孔里，让她“阿……嚏，阿……嚏”不住地打喷嚏。熊丫头逃啊，逃啊，她终于逃进家门。她关上门，呼哧呼哧直喘气。

熊丫头再也不肯穿上她的玫瑰红的裙子，她对她的红裙子说：“玫瑰花瓣儿啊，真对不起你们了！”

027 三只小猪

猪妈妈有三个孩子，老大、老二和老三，一天猪妈妈说：“孩子们，你们都已经长大了，每个人去盖一间房子，看谁的本领大！”老大用稻草很快就盖了一个漂亮的稻草房子！睡起觉来。老二一看哥哥的房子都盖好了，他拾来几根木棍，说木房子既结实又好看，于是盖起木房子。很快木房子也盖好了，老二也睡起午觉。只有老三想好好建一个结结实实的砖房子。老大、老二睡醒了来找老三玩，但老三还

是继续认真地盖房子，不理他们。到了傍晚老三终于盖好了一个又结实又漂亮的砖房子。

有一天，从树林里来了一只大灰狼，它已经很久没有吃东西了，饿得嗷嗷直叫。

大灰狼看见老大的稻草房，“呼”地一声草房子被吹散了。老大拔腿跑到老二的木房子里，大灰狼追上来恶狠狠地说：“我要吃了你们！”

大灰狼又“呼”了几声，不一会儿木房子也被吹倒了。老大、老二跑到老三的砖房子里躲了起来。大灰狼追过来，用尽全身的力气，“呼”“呼”地吹，砖房子却纹丝不动。

大灰狼又气又累，他看见屋顶有一个烟囱，便想从上面爬进老三的房子里。聪明的老三早已在烟囱下烧开了一大锅滚烫的热水。大灰狼正好掉进大锅里被烫得嗷嗷直叫，不一会儿就被烫死了。老大、老二很惭愧，决心以后向老三学习，再也不偷懒了。

这则故事告诉我们：三只小猪对自己造的房子都非常有信心，可是最后只有一只小猪靠勤劳和智慧打倒了狡猾的大灰狼！所以宝宝做什么事情都要认真扎实，不要偷懒。

028 红红的苹果

小熊在院子里种了一棵苹果树。小熊要给苹果树浇水，小猴子看见了忙过来帮他抬水。小熊乐呵呵地对小猴子说：“等苹果熟了，我请你吃甜苹果。”

小熊给苹果树施肥，小花鹿看见了忙过来帮他挖坑。小熊乐呵呵地对小花鹿说：“等苹果熟了，我请你吃甜苹果。”

小熊给苹果树捉虫子，小山羊看见了忙过来帮他一起捉。小熊乐呵呵地对小山羊说：“等苹果熟了，我请你吃甜苹果。”

小熊的苹果树长大了，满树粉嘟嘟的花儿谢了，枝头上挂满了一个个青青的苹果。小熊心里别提有多高兴啦！

可是一天夜里，突然刮了一场很大很大的风，把苹果都吹落了。小熊望着一地的青苹果，伤心得哭了。

小猴子、小花鹿和小山羊听见哭声都跑来安慰他。大家说："我们都好好帮你看管苹果树，明年你的苹果树一定会结出又红又大的甜苹果的。"说着，小猴子去给苹果树浇水，小花鹿去给苹果树施肥，小山羊去给苹果树捉虫子。小熊呢，也爬到苹果树上捉虫子。捉着捉着，小熊的手忽然停住了，原来他发现在一片叶子底下还藏着一个嫩嫩的小苹果。苹果，这里还有一个苹果！小熊高兴得差点喊出声来。"就剩下这一个苹果了，小猴子他们摘去我就没有了。"小熊想到这里，一声不响地用叶子遮住苹果，悄悄地溜下了树。

小熊的苹果越长越大，越长越红，小熊也越来越怕见小猴子他们。一天，他正在屋里想心事，小猴子、小花鹿和小山羊又跑来了。小猴子说："再给你的苹果树浇些水吧！"小花鹿说："再给你的苹果树施些肥吧！"小山羊说："再给你的苹果树捉捉虫子吧！"

多好的朋友啊！小熊想想自己，羞得脸红红的，惭愧地低下了头。小猴子他们以为小熊还为没有红苹果而伤心呢，忙安慰他说："别难过了，明年你的苹果树一定会结满又红又大的甜苹果的。"

小熊再也忍不住了，拉着大家的手说："不用等明年了，现在我就带你们去看红红的大苹果。"小熊带朋友们来到树下，大家拨开密密的叶子。"呀，大苹果，多红多大的苹果啊！"大家惊喜地叫着。小猴子攀着树枝，小花鹿伸长脖子，小山羊踮起脚跟，大家笑得一个个小脸蛋哟，也像红红的大苹果了。

029 小公主和蛇

从前有个葡萄牙国王，他有三个可爱的女儿。三个女儿都很美，特别是那个最小的公主，不但才貌出众，而且心地善良，人们都非常喜欢她，叫她“贝拉”。这在葡萄牙语里是漂亮的意思。

一天国王要外出旅行。临走前，问女儿都想要些什么礼物。大女儿说：“我要一条丝绸裙和一顶丝织的帽子。”

“我吗？”二女儿说，“我要一把漂亮的阳伞。”

“那么，我的小女儿，你要什么呢？”国王问他心爱的小女儿。小公主说：“我就想要一朵美丽的玫瑰花。”

国王答应了女儿们的要求，启程上路了。

过了些日子，国王旅行回来了。女儿们要的东西都带回来了，大女儿拿着丝绸裙和帽子；二女儿拿着漂亮的阳伞，高高兴兴地走了。国王从一个精致的小盒子里拿出了一朵红玫瑰花，对小女儿说：“爱惜这朵美丽的玫瑰花吧！它和生命一样珍贵。”

贝拉公主听了父王的话，觉得父王的话里似乎还有别的意思，便打听玫瑰花的来历。国王开始不愿意说，经不住小公主一再恳求，便把取得这朵玫瑰花的经过说了一遍。

“亲爱的女儿，你不是希望得到一朵玫瑰花吗？我到处给你寻找。有一次，我过一个花园，发现这朵美丽的玫瑰花。我刚要摘，出来一条蛇。蛇问我把花带给谁，我告诉他是带给小女儿当礼物的。听我这样说，那条蛇就把花交给了我，不过他有个要求，说是一定要你到那个花园里去，否则那条蛇就活不成了。我本来不想告诉你，可又一想，他虽然是条蛇，但也是一个生命啊！”

听了这一切，小公主安慰父亲说：“亲爱的父亲，您不要为我担心，我现在就去那座花园。”贝拉小公主找到了那座花园。花园里有一座精美的宫殿，但里面一个人也没有，阴森森的，真叫人有些害怕。天色晚了，贝拉走进一个房间。一进门，她就看见一条蛇。

“啊呀！”公主不觉惊叫了一声。

“不要害怕，公主！”贝拉听到一个非常柔和的声音。开始，公主是有些害怕。后来看那条蛇一点也没有伤害她的意思，也就不害怕了。她试着走近那条蛇，蛇很乖，公主过去轻轻地摸了摸他。第二天早上，公主发现餐桌上摆满了精美的早餐。晚上，也是这样，桌上又摆满了丰盛的晚餐。奇怪的是始终没有见到过一个人。

贝拉就这样在花园里生活了很长一段时间。

时间长了，小公主想家、想父亲了，她要回家去看看。就在她准备离开的时候，那条蛇对她说：“你在家可别超过三天，要不然我就会死去的。”

贝拉刚回家时还记着蛇的话，但是，在父亲身边和两个姐姐快快活活地玩了两天，就把蛇的话忘了。到了第三天晚上，贝拉猛然想起蛇的嘱咐，惊叫起来：“啊呀，不好了，要出事！”

公主急忙告别了父亲和姐姐，骑着马飞快地奔向那座花园。赶到花园时已经是深夜了。蛇呢？公主到处寻找也没找到。第二天早晨，贝拉起床后又去花园找蛇，找来找去，终于在一口枯井旁边看见了他。可惜他已经死了。贝拉伤心地哭了起来，埋怨自己耽误时间，对不起蛇。她越哭越伤心，眼泪“扑落”“扑落”掉在蛇的身上。

奇迹发生了。蛇沾上公主的眼泪立即变成一个英俊的王子。他深情地对贝拉说：“只有你，我的未婚妻，才能拯救我，帮我解除附在我身上的魔法。我中了巫婆的魔法已经好多年了，要不是你的眼泪，还不知要等多少年呢！”

王子和小公主贝拉结了婚，他们相亲相爱地在一起生活了一辈子。

030 美丽的小路

鸭先生的小屋前有一条长长的小路。小路上铺着花花绿绿的鹅卵石，小路的两旁开着一朵朵美丽的鲜花。

兔小姐慢慢地从小路上走过来，说："呵，多美的小路呀！"鹿先生轻轻地从小路上走过来，说："呵，多美的小路呀！"朋友们都说鸭先生有一条美丽的小路，他们都喜欢在美丽的小路上散散步，说说话。

可是过了不久，美丽的小路不见了。一堆堆的垃圾堆在小路上，苍蝇在小路上嗡嗡地飞着。这里发生了什么事呢？原来是鸭先生把吃剩下的饭菜，随手往小路上一扔，把泥巴、菜叶和小瓶子也都往小路上一扔。

兔小姐慢慢走来，说："呀，美丽的小路不见了！"鹿先生也轻轻走来，说："咦，美丽的小路哪儿去了？""天呐！我的美丽的小路哪儿去了？"鸭先生也叫起来。他看着看着，忽然一拍脑袋说："我一定要把美丽的小路找回来。"

这天，鸭先生早早起来了，他推着一辆小车，拿着一把扫帚，用力地扫着小路上的垃圾。

兔小姐和鹿先生看见了，也赶来帮忙，他们提着洒水壶，给花儿浇浇水，给小路洗洗澡。

不一会儿，啊，

一条干干净净的小路又出现了，兔小姐说："嗯，美丽的小路好香啊！"鹿先生也说："嗨，美丽的小路好亮啊！"鸭先生对朋友们说："让美丽的小路一直和我们在一起吧！"大家都说好。

031 奇怪的镜子

美丽的池塘里有一条小鱼。他快快活活地玩了一天，可累了，正想休息一会儿。突然，小鱼发现有一样东西在一闪一闪的，他睁大眼睛一看，不禁叫起来："多大多亮的镜子啊！"

小鱼想："要是把镜子搬到家里，让大家都能照一照该多好！"想着想着，小鱼轻轻地游到那镜子边，还没碰着，"镜子"就碎成一块块小片儿了。小鱼心里难过极了。但是，不一会儿，那"镜子"又圆了起来。

于是，小鱼急急忙忙找来了正在河边唱歌的小青蛙。

"青蛙弟弟，我找到了一面又大又圆的镜子，请你帮我抬回家好吗？"小青蛙一口答应了。小青蛙用宽宽的大嘴巴刚想轻轻衔住镜子，只见"镜子"又碎成一块块小片了。小鱼和小青蛙都很难过。但是，不一会儿，那"镜子"又圆了起来。

于是，小鱼又急急忙忙找来了正在水中跳舞的河蚌。

"河蚌姐姐，请你帮我把大镜子抬回家好吗？"河蚌一口答应了，跟着小鱼来到镜子边。河蚌用两片蚌壳刚想轻轻地夹住镜子，可"镜子"又碎了。小鱼、小青蛙、河蚌都很难过。但是，很快那"镜子"又圆了起来。

小鱼又找到了正在水藻中吹泡泡的螃蟹。

"螃蟹哥哥，我找到一面又大又圆的镜子，请你帮我抬回家好吗？"螃蟹一口答应了。他用两只大大的螯足，刚想轻轻地钳住镜子，可是"镜子"又碎了，成了一块块的小片儿。大家都很难过，可是又感到很奇怪，到底是怎么回事呢？

这时只听见一阵“哈哈哈”的笑声，虾公公拖着长长的胡子来了：“傻孩子，这哪是镜子，这是天上的月亮倒映在水面上啦。”小鱼、小青蛙、小河蚌、螃蟹都抬起了头。大家看看天，又看看水面，都哈哈地笑了起来，连池塘里的月亮也笑了。

032 蓝火车上班

蓝火车跟一批崭新的火车，从厂里出来，就到铁路上班。他们将把旅客和货物，运送到那遥远的地方。

出发前，车队长——一辆大个儿的火车，跟大伙讲解运行的规矩：“咱们火车要按铁路的信号来行驶，这些信号是：信号灯、信号旗、鸣笛声等等……”

蓝火车听得不耐烦了，心里嘀咕着：“跑就是了，管他什么规矩”。他喷着白气，恨不得马上向前跑。

出发了，蓝火车憋足了劲，飞快地转动着车轮。他快乐极了，禁不住大叫一声：“笛——”把大伙儿吓了一跳。车队长赶紧制止他说：“别大声嚷嚷从城市里经过，嗓门这么大，会影响人们的工作和学习。现在只能拉风笛。”蓝火车拉响风笛，发出柔和的叫声。车队长也拉了一下风笛，表示满意。一会儿，火车们到了一个车站。车站亮起绿色的信号灯。大伙知道，车站同意让他们通过。蓝火车不禁又大叫起来：“笛——笛笛”。谁知这么一叫，一大群人就急匆匆地往这边跑来，逗得蓝火车“库库库”地直笑。“还好意思笑呢！”车队长生气地说，“谁让你这么叫的一个长声，三个短声是表示危险的信号，要人家来救援。你没事，干嘛要骗人！”蓝火车羞愧地说：“我错了，都怪我出发前没好好地学习火车行驶的规则！”

这时，车站上亮起了黄色的信号灯，铁路工人挥舞着绿色信号旗。蓝火车叫了一声：“笛——”又出发了。

033 乱爬的螃蟹

白兔、乌龟、青蛙、螃蟹、蚂蚁等一群小动物，站在一起，准备出发游玩。他们的目的地是前面那座美丽的花园。大嗓门青蛙，高喊一声：“走！”大伙立即行动起来。青蛙边跳边喊“加油！”白兔笑嘻嘻地冲在前头，乌龟使劲爬动，蚂蚁拼命追赶……

“哟，你们全疯了么，往哪儿窜呀？”后面隐隐传来了叫声。

大伙一惊，扭转身向后一瞧，只见螃蟹一边咋呼，一边横着往另一个方向爬。

“螃蟹大哥，方向错啦！”青蛙大声喊道，“快向我们靠拢！”

“去你的，”螃蟹瞪着眼怒吼道，“你们都瞎了眼了，只有向我靠拢才对。”

无论大伙怎样呼唤，螃蟹只当没听见，还是横着朝它的那个方向急急爬去。大伙儿叹了口气，只好各赶各的路。

螃蟹喷着白泡沫，独自嘟囔道：“我两眼始终正面盯着那座花园，绝对没错儿。它们不听我的，疏远我，冷落我，准是出于嫉妒。呶，这不是明摆着的吗，它们的手脚哪个有我多？……”

可是，它的手脚越多，跑得越起劲，距离目的地也就越远了。

034 聪明的小牧童

从前有个小牧童，由于别人无论问什么，他都能给出个聪明的回答，因而名声远扬。国王听说了，不相信他有这么厉害，便把牧童召进了宫。对他说：“如果你能回答我所提出的三个问题，我就认你做我的儿子。”牧童问：“是什么问题呢？”国王说：“第一个是：大海里有多少滴水？”小牧童回答：“我尊敬的陛下，请你下令把世界上所有的河流都堵起来，不让一滴水流进大海，一直等我数完才能放水，我将告诉你大海里有多少滴水珠。”国王又说：“第二个问题是：天上有多少星星？”牧童回答：“给我一张大白纸。”于是他用笔在上面戳了许多细点，细得几乎看不出来，更无法数清。任何人要盯着看，准会眼花缭乱。随后牧童说：“天上的星星跟我这纸上的点儿一样多，请数数吧。”但无人能数得清。国王只好又问：“第三个问题是：永恒有多少秒钟？”牧童回答：“在后波美拉尼亚有座钻石山，这座山有两英里高，两英里宽，两英里深。每隔一百年有一只鸟飞来，用它的嘴来啄山，等整个山都被啄掉时，永恒的第一秒就结束了。”

国王说：“你像智者一样解答了我的问题，从今以后，你可以住在宫中了，我会像对亲生儿子一样来待你。”

035 鼹鼠的儿子

小鼹鼠有心要见见世面。听说阳光下有青山、绿水，水中有漫游的鱼群；河岸上是盛开的鲜花、结着硕果的树木；树上栖息着五彩的孔雀，娇小的黄莺在枝头婉啼……啊，这一切多么富于诱惑力！小鼹鼠非去饱览地面的风光不可了，因为，它这个时候的眼力还是挺不错的。

刚打地面的洞口出去，小鼹鼠撒欢似地跑着，才溜开几步，慈母的声音便从后面追了上来："乖乖，你是不会游水的，小溪小河虽然幽美，掉进水里，'咕噜咕噜'几口水会呛死你的！"

"我该怎么办？"小鼹鼠停下来回头问。

"千万小心，绝对不能到水边去。"

"记住啦。"小鼹鼠应着，放慢了脚步。

"小宝贝，等一等，"小鼹鼠刚走了十多步，母亲的声音又从后面响起，"我忘了提醒你，树上的果子又大又多，成熟了，风一吹便会掉下来，一落到头上，准会将你的脑袋砸扁。"

"妈妈，这真可怕呀，有什么好方法预防吗？"小鼹鼠大惊失色地问。

"牢牢记住：凡是树底下不要走！"

小鼹鼠应了一声，慢吞吞地往前爬动。不一会鼹鼠妈妈从后面赶上来，上气不接下气地叮嘱道："好儿子，你大概没听说过，从草地上穿行，空中会有老鹰扑下，往山路上走动，会碰见拦路猛虎……稍微一麻痹大意，我便再也见不到你了！"

"我到底该怎么办？"小鼹鼠急得要哭了。

“你走一步，停一停，把上下左右看分明，再迈第二步。”母亲叹了口气，接着说，“孩子，既然留不住你，就只好让你去旅行……”

鼹鼠妈妈回到洞里，照例掘着地道。第二天，鼹鼠妈妈往前打洞时，和另一只挖洞的鼹鼠碰上了。当它拨开泥土一摸，竟是自己的儿子！

“孩子，你还在这里？”母亲又惊又喜地问。

“是的，妈妈，”小鼹鼠温顺地回答，“听了您昨天的几次嘱咐，我觉得我还是一直呆在附近挖洞为好。”

直到如今，鼹鼠已不再做去地面旅游的美梦。最后，它的一双眼睛完全退化，再也看不见任何东西了。

036 聪明的农家女

从前有一个贫穷的农夫，他没有土地，只有一所小房子和一个独生女儿。

女儿对农夫说：“我们应该向国王请求一块荒地。”

国王听到他们很贫穷，就送了他们一块草地，女儿和父亲就翻掘那块地，要种点麦子和谷物。他们把田快翻完了的时候，在地下发现了一只纯金做成的臼。农夫向女儿说：“你听我说，我们国王非常仁慈，送了我们这一块田，我们应该把这个臼给他。”

但是女儿不同意，她说：“父亲，如果我们有了臼，没有杵，那我们就应该去找一个杵来，所以最好不作声。”

父亲不听女儿的话，把臼拿给国王说，这是他在荒地里发现的，请国王当一件礼物收下。国王拿了臼，问他还发现了别的东西没有。农夫回答说：“没有。”

国王叫他把杵也拿来。农夫说他没有发现杵，但是这话没有用，好像是对风说的。农夫被关到监牢里，要把杵拿来了，才能出来。仆人们每天给农夫拿开水和面包，这是坐牢人的饮食，他们听见农夫不住地叫：“啊，但愿我听了女儿的话！啊，啊，但愿我听了女儿的话！”

仆人们向国王报告，说犯人不住地喊：“啊，但愿我听了女儿的话！”不肯吃饭也不肯喝水。于是国王叫仆人把犯人带来，国王问他为什么不住地喊：“啊，但愿我听了女儿的话！”

“你女儿到底说了什么话呀？”

“女儿叫我不要拿臼来，不然我也应该找杵。”

“如果你的女儿这样聪明，你就叫她来一趟。”于是农夫的女儿来到国王面前，国王要看她是不是这样聪明。国王便说，他要出一个难题目给她做，如果她能够解答，他就同她结婚。她说，好的，她能解答。

国王说：“你到我这里来，不要穿衣服，不要赤身，不要骑马，不要坐车，不要从路上来，也不要从路边来。如果你能这样办，我就同你结婚。”

女儿回去，脱得精光，她没有穿衣服，她拿了一个大鱼网，围着全身，并没有赤身；她出钱租了一匹驴子，把鱼网系在驴子尾巴上，她在网里，让驴子拖她，她不是骑马，也不是坐车，驴子在大道中拖她，她只用大脚趾踏到地上；这样，她既不是在路上，也不是在路边了。她这样来了，国王说她解答了难题，实现了一切要求。国王叫人把她的父亲从监狱里放出来，娶她做王后，并把全部财产都交她管理。

隔了几年，有一次，国王去检阅军队，有些农夫驾着车子停在宫前，他们是来卖木材的。有些车是牛拖的，有些车是马拖的。一个农夫有三匹马，其中一匹生了一匹小马，小马跑了，躺到车前的两条牛中间。

农夫来了，他们开始吵闹、摔东西、大声喧哗，有牛的农夫想要那匹小马，说小马是牛生的；另外一个农夫说不是，小马是他的马生的，所以是他的；他们吵闹到国王面前，国王判决说，小马躺在谁那里，就归谁所有。于是有牛的农夫得了小马，其实不是他的。另外一个农夫走了，痛哭他的小马。他听说王后很仁慈，她也是贫穷农夫的女儿，于是他到王后那里去请求，问王后能不能帮助他，让他再得到他的小马。

王后说：“是的，如果你答应不是我说的，那我就告诉你。明天大清早，国王要去检阅卫兵，你站到他走过的马路当中，拿一个大鱼网做打鱼的样子，并不住地打鱼，把网倒出来，好像有一满网鱼。”王后又向他说，国王问他的时候，他应该这样回答。

第二天，农夫站在一块干地上打鱼。国王走过看见了，派他的传令兵去问那傻子在做什么事情。他回答说：“我在打鱼。”传令兵问，这里没有水，怎能打鱼呢？

农夫道：“两头公牛可以生一匹小马，我在这块干地上也可以打鱼。”

传令兵把这个回答报告国王，国王叫农夫来跟前说，这话不是他自己想出来的，是谁教他的，他应该马上说出来。农夫不肯承认，老是说，上帝保佑！这是他自己想出来的。国王叫人把他放在一捆麦草上拷打，逼得他没有办法，只得承认是王后教他的。

国王回家向王后说：“你为什么对我这样不忠诚，我不要你做王后了，你的时间完了，你回到你原来的地方去吧。”但是他答应王后把她所知道的，最心爱的，最好的东西带去，当作别离的礼物。

王后说：“是的，亲爱的丈夫，你怎么说，我就怎么办。”她就向国王扑去，吻他说，要向他辞别。然后她叫人拿了一份强烈的安眠药水来，同他喝了告别。国王喝了一大口，但是她只喝了一点。不久，国王就睡熟了，她喊仆人拿来一块漂亮的白麻布，把他包着，仆人们把国王抬到停在门前的车里，王后自己送他到农夫小房子里去。王后把他放在小床上，他成日成夜地睡。他醒来的时候，向四周围望去说：“啊，上帝，我究竟在哪里呢？”他喊他的仆人，但是一个都不在。

最后他的妻子走到床前说：“亲爱的国王，你叫我把宫殿里最心爱和最好的东西带来，因为我除了你以外，再没有更好和更可爱的东西，所以我把你带来了。"

国王流着眼泪说："亲爱的妻子，你应该是我的，我应该是你的。"国王又把她带回王宫里，同她复婚。从此再也不分开，过着幸福的生活。

037 长着蓝翅膀的老师

小雏菊幼儿园里来了个会飞的老师。园长奶奶急坏了。幼儿园已经够乱的了，小家伙们满地爬，桌子椅子四处跑，再来一个长翅膀的老师，怎么办？孩子们可高兴了。他们不吵不闹，睁大眼睛好奇地看着新老师，一对蓝翅膀叠放在她的背上呢！"你们喜欢我的翅膀吗？"老师说着，慢慢地张开那对天蓝色的翅膀。

"真美呀！"孩子们说。"你们想飞吗？"老师问。"想啊。可是我们没有翅膀呀！""所有的孩子都是有翅膀的，只要想飞就能飞。"老师说。"真的吗？""真的！飞吧，飞吧！"孩子们背上果然扑扇着五颜六色的翅膀，一个接一个紧跟着蓝翅膀老师，飞出了教室，飞向广阔、神奇、美丽的天空。园长奶奶吓坏了，追着孩子们喊："快下来！快下来！"孩子们飞得正高兴，才不会下来呢！孩子们飞着，飞着，一棵大树向他们热情地招手："孩子们，到我的树上来做窝吧！"老师领着孩子们齐刷刷地落到树上，为树爷爷唱了一支好听的歌，唱得树爷爷哈哈笑。从这以后，小雏菊幼儿园的孩子经常飞。他们有时飞得近，有时飞得远。他们认识了大地上的城市、河流和山脉，还同天空中的白云、小鸟交上了朋友。

自从孩子们会飞以后，再也不满地乱爬。小雏菊幼儿园的桌子、椅子也变乖了，它们每天干干净净，排着整齐的队伍站在幼儿园教室里，不再到处乱跑。

如今，园长奶奶也喜欢那位长着蓝翅膀的老师了。

038 勇敢者勋章

狮子大王用食指拎着一枚金光闪闪的勋章，对臣民们说：“我刚才吞下了一头比我的身体大五倍的野象。这枚勋章就是从他那儿夺来的。我想，应该把它奖给森林中最勇敢者，大家说说，谁够这个资格？”

狐狸转了转眼珠，谄媚地说：“我们当中，除了大王您，没有第二个能打败野象的。当然，这枚勋章非大王莫属啊！”

其他臣民纷纷随声附和道：

“只有大王够资格！”

“这勋章应该奖给大王！”

“狐狸先生说得对！”

……

狮子扫视了大家一眼，最后盯住一言不发的刺猬说：“你看呢？”

刺猬小声地嘟囔说：“我总不明白，大王是怎样把比您大五倍的野象吞进肚子的！”

“啊哈哈哈……”狮子爆发出一阵震耳欲聋的大笑，随即一步一步向刺猬走去。动物们的心一下子都揪紧了：“完了，这下刺猬准没命了！”

谁知狮子走到刺猬面前后，却恭恭敬敬地把勇敢者勋章挂到刺猬的脖子上。

从此以后，森林里说真话的动物多了起来。

039 海鸥姑娘

小海鸥十分漂亮，她特别爱美。

早晨，小海鸥拍打着翅膀飞到大海上。

大海是小海鸥的镜子，她每天都到这儿来梳洗打扮。

小海鸥对着这面镜子瞧啊，照啊，她一会儿扭动身躯，一会儿梳理羽毛，自以为是天底下最美的姑娘。

正在小海鸥十分得意的时候，几句刺耳的话从海岸的岩石那边儿飞过来：“臭美，臭美。”造燕窝的小雨燕七嘴八舌地议论：“不劳动，没人喜欢你！”

“哼，你们嫉妒我！”

小海鸥不服地扭过身子，继续照镜子。

中午，小海鸥飞到海礁上，啄食岸边晾晒的鱼虾。

突然，海燕跑过来说：“懒家伙，不许吃，那可是我们辛辛苦苦捕的鱼虾！”

小海鸥坐在岸边的礁石上哭了，哭得好伤心哟！镜子里的她一点儿也不美。

大海妈妈对她说：“劳动，是最高尚的美德，你为什么不和他们一起劳动呢？”

小海鸥点了点头。

后来，海鸟劳动者的队伍里又多了一只美丽的海鸟，她就是美丽勤劳的小海鸥姑娘。

040 勇敢的小刺猬

在这么多的小伙伴中，小猴最瞧不起的就是小刺猬了。小猴总说瞧他那丑样儿，满身插着大针，又尖又小的脑袋，老是缩在肚子下面，一副胆小怕事的样子。

有一天，小伙伴们在玩捉迷藏，小刺猬也想参加，小猴不高兴了："去去去，你凑什么热闹？"小鹿和小松鼠都为小刺猬求情道："让小刺猬来吧，小猴！""哼，让他来，他能干什么？呆头笨脑的。"小猴叽咕道。这话太不公平了！小白兔跳出来打抱不平："小刺猬并不笨，每天夜里他都能捉几只老鼠。""捉老鼠有什么了不起？"小猴提高了嗓门嚷嚷道，"他能像我跑得那样快吗？能像我一样爬上这棵树吗？"大伙儿不吭声了。

捉迷藏开始了。小白兔撒腿往草丛里跑，雪白的身子被长长的草遮住了。忽然，小白兔惊惶地尖叫起来："蛇！蛇！"小猴大喊一声："快跑！"他第一个转身就跑。小白兔、小松鼠和小鹿跟在后边。蛇拉直了身体，拼命朝前追。经过小刺猬跟前，小刺猬一下子咬住了蛇的尾巴，然后把头缩进肚子底下。蛇把头抬得高高的，凶狠地摇了摇，想咬死小刺猬。小刺猬一点儿也不害怕，还是紧紧地咬住蛇尾巴不放，蛇盘成一团，想绞死小刺猬。小刺猬鼓足劲，弓起背，全身的尖刺都竖起来。蛇的身上被刺了无数个小洞，蛇挣扎几下，最后一动也不动了。

小伙伴们回来后看到小刺猬把毒蛇给刺死了，大伙都说："多亏你救了我们！小刺猬真了不起！"

小猴红着脸，低着头说："小刺猬，你真勇敢，我以前小看你了，请原谅我吧！"

041 小蝌蚪找妈妈

暖和的春天来了，池塘里的冰融化了。青蛙妈妈睡了一个冬天，也醒来了。她从泥洞里爬出来，“扑通”一声跳进池塘里，在水草上生下了很多黑黑的圆圆的卵。

春风轻轻地吹过，太阳光照着。池塘里的水越来越暖和了。青蛙妈妈生下的卵慢慢地都活动起来，变成一群大脑袋长尾巴的蝌蚪，他们在水里游来游去，非常快乐。

有一天，鸭妈妈带着她的孩子们到池塘中来游水。小蝌蚪看见小鸭子跟着妈妈在水里游来游去，就想起自己的妈妈来了。小蝌蚪你问我，我问你，可是谁也不知道妈妈在哪里。

“我们的妈妈在哪里呢？”

他们一起游到鸭妈妈身边，问鸭妈妈：“鸭妈妈，鸭妈妈，您看见过我们的妈妈吗？请您告诉我们，我们的妈妈是什么样的呀？”

鸭妈妈回答说：“看见过。你们的妈妈头顶上有两只大眼睛，嘴巴又阔又大。你们自己去找吧。”

“谢谢您，鸭妈妈！”小蝌蚪高高兴兴地向前游去。

一条大鱼游过来了。小蝌蚪看见头顶上有两只大眼睛，嘴巴又阔又大，他们想一定是妈妈来了，追上去喊妈妈：“妈妈！妈妈！”

大鱼笑着说：“我不是你们的妈妈。我是小鱼的妈妈。你们的妈妈有四条腿，到前面去找吧。”

“谢谢您啦！鱼妈妈！”小蝌蚪再向前游去。

一只大乌龟游过来了。小蝌蚪看见大乌龟有四条腿：心里想，这回真的是妈妈来了，就追上去喊：“妈妈！妈妈！”

大乌龟笑着说：“我不是你们的妈妈。我是小乌龟的妈妈。你们的妈妈肚皮是白的，到前面去找吧。”

“谢谢您啦！乌龟妈妈！”小蝌蚪再向前游去。

一只大白鹅“吭吭”地叫着，游了过来。小蝌蝌看见大白鹅的白肚皮，高兴地想：这回可真的找到妈妈了。追了上去，连声大喊：“妈妈！妈妈！”

大白鹅笑着说：“小蝌蝌，你们认错了。我不是你们的妈妈，我是小鹅的妈妈。你们的妈妈穿着绿衣服，唱起歌来‘呱呱呱’的，你们到前面去找吧。”

“谢谢您啦！鹅妈妈！”小蝌蚪再向前游去。

小蝌蚪游呀、游呀，游到池塘边，看见一只青蛙坐在圆荷叶上“呱呱呱”地唱歌，他们赶快游过去，小声地问：“请问您看见了我们的妈妈吗？她头顶上有两只大眼睛，嘴巴又阔又大，有四条腿，白白的肚皮，穿着绿衣服，唱起来‘呱呱呱’的……”

青蛙听了“咯咯”地笑起来，她说：“唉！傻孩子，我就是你们的妈妈呀！”

小蝌蚪听了，一齐摇摇尾巴说：“奇怪！奇怪！我们的样子为什么跟您不一样呢？”

青蛙妈妈笑着说：“你们还小呢。过几天你们会长出两条后腿来，再过几天，你们又会长出两条前腿来，四条腿长齐了，脱掉了黑衣服，就跟妈妈一样了，就可以跟妈妈跳到岸上去捉虫吃了。”

小蝌蚪听了，高兴得在水里翻起跟头来：“啊！我们找到妈妈了！我们找到妈妈了！好妈妈，好妈妈，您快到我们这儿来吧！您快到我们这儿来吧！”

青蛙妈妈“扑通”一声跳进水里，和她的蝌蚪孩子们一块儿游玩去了。

042 豌豆上的公主

有一位王子，他想找一位真正的公主做妻子，可是他走遍了全世界，也没有找到意中人。那些公主总有些地方不大对劲，使他不得不怀疑她们是不是真正的公主。王子闷闷不乐地回到家中，国王和王后都很替他担忧。

一个暴风雨的夜晚，一位姑娘敲开了王宫的大门，她的衣服全湿透了，长发散乱地贴在脸上，样子非常难看。可她说她是一位真正的公主。

许多人都不相信，王后决心验证一下。她走进卧室，在床上放了一粒小小的豌豆，然后把二十床垫子和二十床鸭绒被压在豌豆的上面。最后她把那位姑娘领进了卧室，让她好好睡上一觉。

第二天早晨，大家都跑来问姑娘休息得怎么样。姑娘皱着眉打着哈欠说："哦，我几乎整夜没有合眼，天晓得床上有个什么硬家伙，弄得我浑身难受极了！"

王后暗暗高兴，心想：那粒小小的豌豆是被压在二十床垫子和二十床鸭绒被底下的呀，可她居然能感觉出来，假如不是真正的公主，能有这么娇嫩的皮肤吗？

于是，王子就和公主举行了盛大的婚礼。

043 小猴尿床

小猴正在树上摘果子，忽然看见树下的小溪上漂来一只小纸船。“多好玩的小纸船，快把它捞上来。”小猴说着从树上往下一跳。哎哟，一屁股坐到了水里。

不好啦，不好啦，裤子湿啦。“没羞，没羞，小猴尿床啦！”午睡起床时，睡在小猴旁边的小狗喊起来。小猴不好意思地说：“我想把纸船捞上来，没想到就坐在水里了。”袋鼠阿姨走过来，说：“大家别笑小猴子，告诉你们吧，阿姨小时候也尿过床呢。”“啊，阿姨也尿过床？”小朋友们都瞪大了眼睛。“是呀，阿姨小的时候，也梦见过小河，河里漂着一个大红苹果，阿姨高兴地下河去捞苹果，弄得浑身湿淋淋，醒来一看，原来是尿床了。”“我也尿过床。我梦见大灰狼追我，我一着急，就尿床了。”小白兔说。“我也尿过，我梦见拿着水龙头去救火，结果……”小狐狸说。“我梦见想小便，到处找厕所，后来就尿床了。”最后，连嘲笑猴子的小狗也承认说。

袋鼠阿姨微笑着拍拍小猴说：“好啦！下次再遇见要下水的时候，就揪揪耳朵，要是做梦，一揪耳朵就醒啦。”小猴在海边玩耍，一艘轮船向他开来。啊，轮船！这不是做梦吧。小猴赶紧揪揪耳朵。好大的轮船呀，船上挂满彩色的旗帜，甲板上有人在向小猴挥手，响亮的汽笛声仿佛在召唤小猴说：“来和我们一起去旅行。”

“我要到大海上去旅行！”小猴不顾一切地迎着轮船向大海里跑去。结果呢？小猴又尿床了吗？

044 聪明的小裁缝

从前有一个公主，非常骄傲。每当有人来向她求婚的时候，她就出一个谜给他猜，如果他猜不出，他就要受到嘲弄，并且就被撵走。她出了张布告说，谁能猜中谜，不论是什么人，她就同他结婚。最后有三个裁缝一起来了，那两个大的裁缝以为他们做过许多巧妙的勾当，都得到了成功，因此这次他们去猜公主出的谜语一定可以成功。第三个裁缝是一个无用的冒失鬼。他连自己裁缝手艺都不精通，但是他想，他这次一定要得到成功，不然的话，哪里还再有这种好事呢。另外两个裁缝向他说："你留在家里吧，你什么都不懂，能够做什么事呢？"但是小裁缝并不灰心，他说一个拿定主意的人，一定有办法。他高兴地走去，好像整个世界都是他的。

三个人都到公主那里去报名，请她出谜给他们猜，他们的理解力很强，自以为是适当的人。公主说："我头上有两种头发，是什么颜色？"第一个裁缝说："这很容易猜，一定是黑的和白的，像人们说的黑底白点布一样。"公主说："猜错了，请第二个回答吧。"第二个裁缝说："如果不是黑的和白的，那就是褐色的和红色的，像我父亲穿的礼服一样。"公主说："猜错了，请第三个回答吧，我看他的样子一定知道。"小裁缝大胆地走上前去说："公主头上有一种银发和一种金发，这就是说的两种颜色。"公主听了面色变得苍白，吓得几乎倒下去，因为小裁缝猜着了，原来她曾经深信，世界上没有人猜得着。当她恢复常态的时候说："你还不能得到我，你必须再做一件事。下面兽栏里有一只熊，你得和它在一起过一夜。如果我明天早晨起来，你还活着，你就可以和我结婚。"她心里想，这样做她就可以摆脱小裁缝了，因为凡是与那熊一起住过的人，从来没有活着出来的。可是小裁缝并不害怕，非常高兴地说："只要大胆放手去做，事情已经有一半成功了。"

到了晚上，那个小裁缝被送到熊那里去。熊马上向那影子扑去，要用它的脚掌来好好地欢迎他。小裁缝说：“慢慢来，慢慢来，我马上要叫你安静下来。”于是他像毫无顾虑似的，非常缓慢地从袋里拿出几个胡桃来，咬开了，吃着胡桃仁。熊见了，起了馋欲，也想吃胡桃。小裁缝在袋里一摸，拿出一把来给它，但是那不是胡桃，却是石子。熊把它放在嘴里，它无论怎样咬，都咬不开。熊想：“唉，我真是一个蠢东西！连胡桃也咬不开。”它向小裁缝说：“喂，给我把这胡桃咬开。”小裁缝说：“你看，你多么不中用，有这么大一张嘴，可是连这个小胡桃都咬不开。”他赶快拿石子换了一个胡桃，放到嘴里，“咔哧”一声，咬成两半。熊说：“我看到你这样做，我觉得我也能够咬碎。我还要试一下。”小裁缝又给了它一些石子，熊用尽气力去咬。可是熊依旧没能把它咬开。

这件事过去了，小裁缝从褂子下面拿了一只提琴来奏了一曲。熊听见了音乐，情不自禁地跳起舞来，它跳了一会，觉得音乐很好，问小裁缝说：“你告诉我拉琴难不难？”“非常容易，你看，我把左手指头按着弦，右手拉着弓在上面随便拉拉，很是快乐”熊说：“这样拉琴我也愿意学会，高兴的时候我就可以跳舞。你以为怎样？你可以教我吗？”小裁缝说：“很愿意，只要你灵敏就可以。请你把脚掌伸过来让我看看。脚爪太长了，我必须把它们剪掉一点。”他拿了一把老虎钳来。熊把脚掌放到里面，小裁缝把手柄夹紧了说：“你等着吧，我去拿剪子来。”不管熊怎样尽力咆哮，小裁缝却躺在一个角落里一捆麦杆上面睡着了。

晚上，公主听见熊咆哮得很厉害，以为熊一定把小裁缝杀死了，才高兴得咆哮。早晨，她无忧无虑，很高兴地起身，但是她朝兽栏里一看，只见小裁缝愉快地站在那里，身体很健康。现在她再不能说一句反对结婚的话了，因为她曾经公开地答应了的。国王就叫人派一辆车来，让她和小裁缝坐着，到教堂里去举行婚礼。他们上车之后，其他两个坏心肠的裁缝妒忌小裁缝的幸福，就到兽栏里扭开夹住熊掌的老虎钳。熊满肚子气，就向车子追去。公主听到熊喷着鼻子咆哮，害怕起来，叫道："哎，熊在我们后面要来抓你了。"小裁缝赶快把头朝地，把两腿伸到窗外，叫道："你看见老虎钳了吗？如果你不走开，又要被钳住了。"熊一看见，掉头就跑走了。那个小裁缝，就安心地坐着马车到教堂去，公主和他挽着手举行了婚礼，他和她一起生活，愉快得像云雀。

045 猪八戒吃西瓜

唐僧、孙悟空、猪八戒、沙和尚一起到西天取经。

有一天，天热极了。他们走得又累又渴，孙悟空说："你们在这儿歇一会儿，我去摘点水果来给大家解解渴。"猪八戒连忙说："我也去，我也去！"他想：跟了孙悟空去，能早点吃到水果，还可多吃几个。

猪八戒跟着孙悟空，走呀，走呀，走了许多路，连个小酸梨也没找着。他心里不高兴了，就哎哟哎哟地叫起来。

"你怎么了，八戒？"

"我肚子疼，走不动了。你摘了水果，可别一个人吃了。"

孙悟空知道猪八戒偷懒，不去理他，就一个跟头到南海去摘水果了。

猪八戒呢，找个树荫，正想睡一觉，忽然看见山脚下有一个绿油油的东西，走过去一看，哈哈，原来是个大西瓜！他高兴极了，把西瓜一切四块，自言自语地说："第一块，请师父吃，第二块请孙悟空吃，第三块请沙和尚吃，第四块，嗯，这是我的。"他张开大嘴巴，几口就把这块西瓜吃了。

"西瓜一块不够吃，我把孙悟空的一块吃了吧。"他又吃了一块。

"西瓜真解渴，再吃一块不算多，我把沙和尚的那一块也吃了吧。"他又吃了一块，这下只留下唐僧的一块了。他捧起来，又放下去，放下去，又捧起来，最后还是憋不住，把这块西瓜也吃了。

“八戒，八戒！”

猪八戒一听，是孙悟空在叫他呢，原来孙悟空在南海摘了蜜桃、甜枣、玉梨回来，正好看见猪八戒在切西瓜，就在云头上偷偷地瞧着呢。

“八戒，八戒，你在哪里？”

猪八戒慌了，心想，我找到大西瓜自己吃了，要是让孙悟空知道，告诉了师父，这就糟了。他连忙拾起四块西瓜皮，把它们扔得远远的，这才回答说：“我，我在这儿呢！”孙悟空说：“我摘了些果子，咱们回去一起吃吧。”猪八戒说：“好的，好的。”八戒刚走了几步，就摔了跤，脸都跌肿了，低头一看，原来是踩了自己刚才扔的西瓜皮上了。孙悟空说：“是哪个懒家伙把西瓜皮乱丢，害得八戒摔了一跤！”

“哎，哎，不要紧，没摔痛！”

八戒和孙悟空又往前走了，“啪嗒”一下，八戒又摔了一跤。孙悟空说：“哎呀，又是哪个懒家伙偷吃了西瓜，把西瓜皮乱丢？”

八戒心想：怎么又碰上一块，真倒霉！可要小心点儿。他刚想到这儿，忽然脚下一滑，又跌了一跤，孙悟空哈哈大笑，说：“八戒！你今天怎么老摔跤？”八戒的脸越涨越红，一句话也讲不出。总算走到了休息的地方，八戒心想：一路上摔了三跤，摔得我好苦啊。啪嗒，又是一下，八戒重重地摔在地上，再也爬不起来了。

唐僧、沙和尚看见八戒脸上青一块、紫一块，肿了一大半，更加胖了。就问他是怎么回事，八戒结结巴巴地说：“我不该一个人吃了一个大西瓜，这一路上摔了四跤。”说得大家都笑了起来。

046 一朵红玫瑰

白茫茫的雾弥漫着整个森林。小猴不敢下树了，小鹿不敢出门了，松鼠也不敢出洞了。尽管他们的肚子都饿得咕咕叫了，也不敢出门找一顿早餐。因为外面太危险了，说不定在雾里会绊倒，会迷路，还会碰上凶狠的老虎、狼和蟒蛇……

终于，雾消散了，太阳露出了笑脸。

奇怪的是，小猴的树下放着一堆香蕉；

松鼠的树下放着一串蘑菇；

小鹿家的门口，放着几个苹果……

是谁干的好事呢？谁也不知道。小猴搔搔头皮，找来了松鼠、小鹿、小羊、小兔、豪猪、刺猬和小黑熊。

小猴说：“是谁给我们大伙送来了蘑菇和瓜果，我们应该感谢他。”大伙都同意，可是没有谁出来承认。

小猴朝大伙看了一眼，继续往下说：“其实我早就知道是谁干的了，就在他干好事的时候，我偷偷地在他胸前别上了一朵红玫瑰，可他还不知道呢！”

大伙立刻东张西望，看谁胸前有红玫瑰。只有小黑熊慌忙地低头看自己的胸前。

小猴拍着巴掌笑着说：“我知道是谁干的好事了，我代表大伙感谢他。”说着，小猴从身后拿出一朵鲜艳的红玫瑰，别在了小熊的胸前。大伙都热烈鼓掌起来。

这次，轮到小黑熊搔自己的头皮了，他感到十分不好意思，嘿嘿地笑了……

047 稻草人

胖胖熊一会儿画一只猫，一会儿画一只狗，就是没有心思写作业。妈妈生气地说：“你呀，要向稻草人学习。”

胖胖熊心里想：哼，稻草人有什么了不起的！

有一天，胖胖熊拾到了一把稻草，他往头顶上一放，决心要做个稻草人。小花狗看见了，奇怪地问：“胖胖熊，你在干吗？”胖胖熊翻翻眼睛，不理睬小花狗。小花狗说：“喂，你在等谁？”胖胖熊气呼呼地说：“快走开，稻草人是不说话的。”

小花狗明白了，原来胖胖熊是想做个稻草人。

小花狗找到小黑猫说：“快看呐，胖胖熊要做稻草人，有趣极啦！”小黑猫说：“我来瞧瞧，啊，真可笑，稻草人站在十字路口上呢！”胖胖熊听见了，咬咬嘴唇，心想：稻草人是不会生气的！

不一会儿，一阵风把胖胖熊的稻草吹掉了。

小狐狸说：“稻草人，你的稻草没有啦。”

胖胖熊低头朝地上看看，心想：稻草人是不弯腰的。后来，十字路口上聚集了好多人，在看傻乎乎的胖胖熊。胖胖熊的妈妈不知道发生了什么事儿，也跑过来看热闹。她挤进人群，一眼就看见了胖胖熊。

胖胖熊的妈妈拉起胖胖熊的胳膊说：“走，快跟我回家去！”胖胖熊不干，他说：“稻草人是不回家的！”

妈妈说："没有稻草，你不算稻草人啦。"

胖胖熊这才跟妈妈走了。

胖胖熊叹口气说："哎，做个稻草人真不容易！"

048 长胡子游乐场

春天的下午，微风习习，太阳暖阳阳地照着大地，一个长胡子老爷爷觉得有点困了，想在大树底下打个盹，于是他就躺在树下，不一会儿就打起了呼噜，长长的胡子就盖在了他的身上。

小猫经过大树底下，发现了长胡子，可它并不知道这是什么东西，还以为是一片软软的稻草呢，于是，小猫就躲在软软的长胡子里，呼呼大睡起来，把长胡子当成了被子。两只小兔从远处奔到了长胡子上面，咦，这里怎么这么好玩呀，我们在这里做游戏吧。

于是，他们把胡子当成了拔河的绳子，拔呀拔呀，一只小兔力气太大，一屁股摔倒在长胡子上。树上的小鸟发现了长胡子，于是就叫来了它的好朋友小刺猬，两个好朋友玩起了编麻花辫，小鸟拉紧一端，小刺猬一个劲地编，不一会儿就编了一根长长的辫子。

这时，小老鼠也来凑热闹，它调皮地用长胡子当成羽毛，在老爷爷鼻子边挠痒痒。嘻嘻哈哈的声音把小瓢虫也引来了，它使劲拉住一根长胡子往上爬。

老爷爷醒来了，看见了那么多的小动物在他身上玩，高兴地说：你们把我的长胡子当成了游乐场啦。

049 快乐的小屋

天上有数不尽的星星，有很多星星上还住着人。一天，一只飞碟落到了城市的广场上。从飞碟里走出一个长着蓝胡子的老头儿。蓝胡子爷爷手里捧着一个火柴盒大的木房子。他把小房子往地上一放，说也奇怪，风儿一吹，小房子就呼呼地越长越大。转眼间，就长成真房子那么大了。这房子前面有个大门，后面还有个小门。

蓝胡子爷爷对看热闹的人说："请进屋吧！马上就会有奇迹出现！"可是大伙儿你瞅我，我瞅你，谁也不敢第一个进去。一位老太太挤上来说："我一个亲人也没有，活在这个世界上很孤独……我先进去吧！"说完，就从前门走进去了。

咦，一会儿竟从后门走出两个一模一样的小老太太，个儿只有原来的一半大。她们手拉着手，坐在一条长椅上开始说话了，越说越亲热，还咯咯地笑个不停。

噢，真好玩儿！穿绿衣服的马戏团小丑也要进去，可是他太胖，在门口卡住了。

“一、二、三！”后面的人一起使劲，才把他推进去。一会，从后门一连出来了四个穿绿衣服的小丑，每个都只有原来的四分之一大。小丑们在绿色的草坪上翻跟头，跳“迪斯科”，玩的别提多快活了！

第三个进小房子的是个小姑娘。这小姑娘本来就是个小孩儿，可她还想变得小点儿。你瞧她多调皮，一个变成了两个，那两个马上又从前门进去，变成四个，小姑娘跑进来，跑出去……越变越小，越变越多，真好玩啊。

天渐渐地黑了，弯弯的月牙挂在了天上。虽然大家都玩得很开心，但是蓝胡子爷爷到了回家的时候了，他走上了飞碟，和大家说了声“再见”，就飞到夜空中去了。

050 小青虫变蝴蝶

小青虫已经睡了一个冬天了。去年秋天，小青虫变成了这个小包包就睡着了，一直到现在还没醒呢。

春姑娘看着这个土黄色的小尖包包，心里想：嗯，小青虫快要醒了。我呀，我要把这个世界变个样儿，让小青虫醒来的时候，觉得很奇怪！于是，春姑娘轻轻地对小草说：“小草呀，小草！我要把世界变得更美丽，让小青虫醒来的时候，觉得很奇怪。小草，你帮帮忙吧！”小草听了春姑娘的话，立刻从土里伸出头来。嗬，大地马上变成了一片绿，好像铺上了绿色的地毯，好看极啦！可是，小青虫还睡着呢，一点也不知道。春姑娘又对树和花说：“树啊，花儿啊！我要把世界变得更美丽，让小青虫醒来一看，觉得非常奇怪。你们给我帮帮忙，行吗？”树和花点了点头：“行啊，行啊！”看呐！树上长满了绿色的嫩叶子，各种各样的花儿也都开了，真是美极了。

春姑娘飞到小青虫那儿，说：“小青虫，你瞧！草儿绿了，花儿开了，你快醒醒吧！”可是，春姑娘叫了半天，小青虫却没说话。她再仔细一看，咳，小尖包包早就空了，小尖包包上有一个小缝缝，小青虫也不见了。

春姑娘东瞧瞧，西看看，呀，有一只蝴蝶在花丛里飞来飞去，高高兴兴地跳舞呢，这只蝴蝶多漂亮啊！小河，小草，花儿和树看见了这只蝴蝶，也惊叹地说：“呦！多漂亮的一位小姑娘啊！她是谁呀？”春姑娘笑了：“你们不认识她吗？她就是挂在树上的那个小尖包包里的小青虫变的，她的名字叫‘蝴蝶’啊！”

051 糊涂的小老鼠

一天，小老鼠趁着妈妈不注意，又偷偷地溜出了家门，直到中午才回来。一到家，他就兴奋地对妈妈说：“妈妈，我刚刚出去玩儿的时候，看到两个奇怪的动物！”

鼠妈妈微笑着对小老鼠说：“哦？你就讲给我听听吧。”小老鼠点了点头，说：“我出了家门以后，跑得飞快，一直跑到了院子里。在那里，我看见了第一只可怕的动物！他长着花花绿绿的毛，伸着脖子，发出难听的‘喔喔喔’的声音，吓得我直打哆嗦！”

鼠妈妈对小老鼠说：“这是院子里的那只小公鸡！”

小老鼠又说：“这个奇怪的家伙使劲儿拍打着翅膀，可把我给吓坏了，我急忙就跑了。刚跑没多远，在院子里的窗台上，我又看见了一个可爱的动物！它身上有着柔软的毛和漂亮的斑纹，还有一条长长的尾巴，叫声也非常温柔。”鼠妈妈赶紧问：“这个‘可爱’的动物的叫声是不是‘喵喵喵’的？”小老鼠高兴地接着说：“对呀！对呀！您也认识他吗？我还想和他打招呼呢，但看见小公鸡凶恶地样子就赶快跑了！”

鼠妈妈气得哭笑不得，抱过可爱的小老鼠，对它说：“我可爱的儿子，你知道吗？那个‘喵喵’叫的家伙是猫，他是我们老鼠的天敌。你要是去和他打招呼，他肯定会毫不犹豫地一口把你吃掉。而那个公鸡是个很温顺的动物，他是不会伤害我们的。记住，下次看到猫一定要掉头就跑。”小老鼠听了妈妈的话，吓得直发抖，他再也不敢乱跑了。总是小心翼翼地跟在妈妈身后，学习本领。

052 松树奶奶过新年

树林里有一棵松树已经100岁了，很受尊敬，平时大家都亲切地称她为“松树奶奶”。

当松树奶奶百岁生日临近时，全树林都在想，怎样才能让老人高兴呢？小青蛙听说树木都喜欢用蘑菇打扮自己，于是建议兔子采摘最美最美的蘑菇，再让松鼠把它们挂到松树奶奶的树枝上。不过，还是花公鸡说得好："可以直接问问松树奶奶，她喜欢什么礼物？""谢谢大家，孩子们！"松树奶奶抖动树枝沙沙响。"我有一个久藏心底的愿望，我已经99次在绿色的夏天过生日，我总想，这次过生日能不能穿上一件过年时才能穿上，用白雪织成的松软轻巧的衣服呢？可惜，你们连一片雪花都没有！"

树林里的居民开始发愁了。说来也巧，这时一只白蝴蝶落在了猫姑娘的爪子上。猫姑娘顿时想起一个问题："蝴蝶小妹妹，你有许多好朋友吗？""是啊"蝴蝶答道。"都是白的吗？都又软又轻吗？都像雪花吗？"猫姑娘问道"是的。"

就这样，在松树奶奶生日那一天，所有的孩子们集合在一起。猫姑娘说："亲爱的松树奶奶，请您闭上眼睛！"当松树奶奶重新睁开眼睛时惊呆了：她的每根树枝上都落着一只轻飘飘的白蝴蝶，抖动着翅膀。松树奶奶看到自己穿上白色松软轻巧的衣服高兴极了。孩子们一遍遍地祝福："生日快乐！生日快乐！生日快乐！"

053 香蕉滑梯

小蚂蚁和小瓢虫在散步的时候看见有一根绿绿的弯弯的东西待在小路上？"哎呀！它多像一座滑梯！"小螳螂惊奇地叫起来。"真像真像。"大家纷纷点点头。

多好玩的滑梯呀！上去好像爬小山，下来好像坐飞机，"哧溜"一下就到底，痛快极了！大家开心地玩了一遍又一遍，天黑了还舍不得回家呢。

从这天起，小伙伴每天都要来玩滑梯。可是，过了几天，大家发现了一件奇怪的事：绿色的滑梯变成了黄色，还散发出一股甜甜的香味，脚踩下去，还有点软乎乎的。这时，小螳螂发现有个地方裂开了，里面是白白的。它好奇地把自己的手伸进去抹一下，放在嘴里尝尝：呀，甜甜的，还挺好吃！这到底是怎么回事啊？

大家一起去请来了昆虫王国里最聪明的蚂蚁奶奶，蚂蚁奶奶一看就明白了："娃娃们，这是一只好吃的大香蕉。它刚摘下时是绿绿的，硬硬的，熟了就变的又黄又软，这根香蕉再不吃可就要烂了！"哎呀，吃掉好玩的滑梯多可惜，不过烂掉更可惜。大家赶紧去通知亲朋好友，一起去吃掉这根香蕉。于是，有九百九十九只小昆虫赶来，痛痛快快地吃了一顿香蕉大餐。整整吃了三天三夜。它们一边吃一边快活地说："滑梯真好吃！真好吃！"

054 大飞草和小飞草

大自然中的稀奇事儿是很多的，你听说过有会飞的草吗？南美洲就有这种草。每当天气干旱的时候，飞草就把自己的根从土里"拔"出来，卷成一个小球，在天空中随风飘荡，飘到湿润的地方就停下来，重新扎根生长。

有一棵大飞草和一棵小飞草同时生活在一个地方。那年的夏天，这里一连三个多月没有掉一滴雨水，火球似的太阳烤得大地裂开了很多的口子。小飞草说："咱俩快离开这儿吧，我实在受不了了。"大飞草摇晃着干巴巴的身子，说："我们飞草就这么软弱吗？咱俩一定要在这里坚持下去。人家仙人掌从来不离开沙漠，沙漠比这儿不知要干热多少倍。"小飞草说："仙人掌没有飞和走的本领，怎么能离开这里呢？它们为了活下去，根子拼命地往下钻，一直钻到很深的地方，靠吸地下水生活。我们没有这个本事，可是会飞，我才不在这儿傻呼呼地等死呢。"大飞草生气了："这么一点苦你就受不了了！逃避艰苦的环境，就是软包子。"小飞草听到这里，从土里"拔"出根来，身子一卷，随着风晃晃悠悠地飞上了天空。

飞呀，飞呀，在一条溪流旁，它伸展开身体，露出根子，扎进了土壤里。小飞草吸到了足够的水分，黄绿色的身体重新变成了葱绿。它唱着歌儿，跳着舞，有了健康的身体，生活得非常快活。

大飞草一直在老地方忍受着干旱的折磨，最后终于被干旱夺去了生命。

055 一座房子和一块砖

黑熊是个大富翁，小老鼠却很穷。有一天，黑熊用他所有的钱，买下了一栋别墅。可是，小老鼠用他所有的钱，却只能买下一块砖。他说："黑熊，现在我已经有一块砖了，以后我的房子就造在你房子的旁边。"

黑熊哈哈大笑："哈哈哈，笑死人了，你想造房子，却只有一块砖？"小老鼠说："好好劳动，砖头就会慢慢增加的。"从此以后，小老鼠就好好地劳动，慢慢地攒钱。黑熊却总是大吃大喝，胡乱花钱。有一天，黑熊没钱了，只好来找小老鼠："借我一点钱吧。"小老鼠说："我不借，不过你可以把你房子里的砖头卖一些给我。"

黑熊卖了五块砖给小老鼠。小老鼠在黑熊墙上的五块砖上，做下了记号，写上：这是小老鼠的砖。

从此以后，黑熊要用钱，就把房子里的砖卖给小老鼠。这样，在黑熊的房子里，做了"这是小老鼠的砖"记号的砖不断地增加，没有记号的砖不断地减少。

终于有一天，黑熊房子里的每一块砖，上面都是"这是小老鼠的砖"这样的记号了。

小老鼠说："现在，这座房子的每一块砖都是我的了，你可以搬出去了。"黑熊只好搬出去了。

小老鼠把自己从前买的第一块砖送给了黑熊。"好好劳动吧，有这第一块砖，黑熊你将来也会有房子的。"

056 鸭式摇步舞

摇摇是谁呢？摇摇是一只小鸭子。他才生下来不久，走路摇摇摆摆的，所以大伙儿叫他摇摇。他的姿势是如此奇怪，如此笨拙。他每走一步，大家都会在后面笑话他。

小摇摇很苦恼。想躲在家里别出来丢人现眼。

可是，这样会让人笑话一辈子的……小摇摇想。

小摇摇开始不怕别人笑话了。他每天在没人的地方练习走路，尽可能使自己走路摇得好看一点。而且，每天还要到热闹的地方去走一圈，看看人们的反应。

后来他发现，如果自己挺胸昂首，旁若无人地阔步前进，就会有一种特殊的风度，这是鸭子独有的风度。

他就这样经常改进自己的走路方式。

有一天，他又来到热闹的地方。一只小松鼠像发现了什么奥秘似的说：“瞧，一只多么神气的小鸭子！”

“是啊，他走得真好看。”小刺猬也说。

人们开始用赞赏的眼光来看小鸭子摇摇走路了。

后来呢，动物界盛行一种摇摇步的走法，就是模仿小鸭子摇摇走路的一种时髦风尚。

在动物们跳舞的时候，还专门有一种舞步，叫做“鸭式摇步舞”。这是一种很难学，但很好看的舞步。

我不说，你们也知道，这种舞步的创始人就是：小鸭子摇摇。

057 十二生肖的故事

你知道自己属什么吗？有属小白兔的，有属大老虎的……有属猫的吗？没有，怎么有属老鼠的，没有属猫的呢？这里有个故事。

很久很久以前，有一天，人们说：“我们要选十二种动物作为人的生肖，一年一种动物。”天下的动物有多少呀？怎么个选法呢？这样吧，定好一个日子，通知动物们来报名，就选先到的十二种动物为十二生肖。

猫和老鼠是邻居，又是好朋友，它们都想去报名。猫说：“咱们得一早起来去报名，可是我爱睡懒觉，怎么办呢？”

老鼠说：“别着急，别着急，你尽管睡你的大觉，我一醒来，就去叫你，咱们一块儿去。”

猫听了很高兴，说：“你真是我的好朋友，谢谢你了。”

到了报名那天早晨，老鼠早就醒来了，可是它光想到自己的事，把好朋友猫的事给忘了。就自己去报名了。

结果，老鼠被选上了。猫呢？猫因为睡懒觉，起床太迟了，等它赶到时，十二种动物已被选定了。

猫没有被选上，就生老鼠的气，怪老鼠没有叫它，从这以后，猫见了老鼠就要吃它，老鼠就只好拼命地逃。现在还是这样。

你知道哪十二生肖吗？

它们是：老鼠、牛、老虎、兔子、龙、蛇、马、羊、猴、鸡、狗、猪。

怎么让小小的老鼠排在第一名呢？这里也有个故事。

报名那天，老鼠起得很早，牛也起得很早。它们在路上碰到了。牛个头大，迈的步子也大，老鼠个头小，迈的步子也小，老鼠跑得上气不接下气，才刚刚跟上牛。

老鼠心里想：路还远着呢，我快跑不动了，这可怎么办？它脑子一动，想出个主意来，就对牛说："牛哥哥，牛哥哥，我来给你唱个歌。"

牛说："好啊，你唱吧！咦，你怎么不唱呀？"

老鼠说："我在唱哩，你怎么没听见？哦，我的嗓们太细了，你没听见。这样吧，让我骑在你的脖子上唱歌，你就听见了。"

牛说："行喽，行喽！"老鼠就沿着牛腿一直爬上了牛脖子，让牛驮着它走，可舒服了。它摇头晃脑的，真的唱起歌来：

牛哥哥，牛哥哥，过小河，爬山坡，驾，驾，快点儿喽！

牛一听，乐了，撒开四条腿使劲跑，跑到报名的地方一看，谁也没来，高兴得哞哞地叫起来："我是第一名，我是第一名！"牛还没把话说完，老鼠从牛脖子上一蹦，蹦到地上，吱溜一蹿，蹿到牛前面去了。结果是老鼠得了第一名，牛得了第二名，所以，在十二生肖里，小小的老鼠给排在最前面了。

058 聪明猴哥的烦恼

小猴哥哥是森林里最聪明的人。

小猴哥哥有一位小猴弟弟，要多笨有多笨。小猴哥哥常为笨头笨脑的弟弟叹气："弟弟呀弟弟，你什么时候才能变聪明点儿呢？"

森林中的小动物遇到什么难题，都喜欢找小猴哥哥来帮它们解决。比如小猪要盖房子啦，黄鹂要学五线谱啦，熊猫想学画画啦……小猴哥哥总是微笑着说："这些都很简单哩！"就把房子怎么盖，五线谱怎么识，画上怎样着颜色，都告诉了小动物们。

小猪便专心学起盖房子来；黄鹂也每天起得早早的练歌喉；熊猫也每天都到野外去画画……

有一天，小猴弟弟也出了门，不知干什么去了。

只有小猴哥哥仍在家里，安静地喝着茶听着音乐，躺在床上闭目养神。

许多日子过去了，小猴哥哥觉得小动物们好久没来他家了。他们都干什么去了呢？

后来，小猴哥哥拿起新出的晚报，才发现，原来小猪已经成了建筑师，黄鹂成了红歌星，熊猫也成了画家……就连他的笨头呆脑的小猴弟弟，也开起诊所当起医生。"原来他们有多笨呀，可现在都成了名人。我呢，我这么聪明却什么也没干成，这到底是为什么呢？"

聪明的小猴哥哥怎么也想不明白。

059 谁跟小羚羊去避暑

炎热的夏天来了，小羚羊的妈妈要带孩子到高山地带去避暑，小羚羊想，还有许多小伙伴也一定热得难受，得约大家一起去。

"谁跟我去避暑？"她一面走，一面喊。

一匹小红马奔跑过来，对小羚羊说："我不去，我一出汗就像洗了冷水澡一样凉快了。"原来她身上有许多汗腺，热了就出许多汗来调节体温，防止中暑，不需要避暑。

小羚羊想：听说小黑狗身上没有汗腺，一定热得受不了，去约他避暑吧。这时，小黑狗正趴在一间屋檐下，张着嘴，伸出长长的舌头，直喘气。

“黑狗弟弟，高山地带凉快极了，你跟我一起去避暑，好吗？”小羚羊对他说。

“谢谢你。”小黑狗摆摆尾巴说，“我身上没有汗腺，可舌头上有许多汗腺呢。我伸出舌头，就是用它排汗，调节体温呀。”

小羚羊说声“再见”，走到一棵大树旁，看见小黄鸡躺在树下的沙土里，两脚搔着沙土，还不断地打着滚儿。

“你躺在沙土里玩，多热呀！”小羚羊摇摇头说。

小黄鸡“咯咯咯”地笑了，他说：“我热得直喘气，在沙土里躺躺，浑身凉嗖嗖的，可舒服了。”小黄鸡不需要避暑，小羚羊多么失望呀！她又走进林子里去约小松鼠。

“我不用去避暑。”小松鼠在树枝间蹦来跳去，回答说，“夏天到来之前，我就脱掉了冬天的厚皮毛衣，换上薄薄的夏装啦。”

再去找谁呢？小羚羊正犹豫着，小灰兔急急忙忙地从她面前经过，小羚羊喊住他。

小灰兔摆动着两只大耳朵说：“我不想去避暑。夏天，我挺着这两只大耳朵，可以散热，调节体温。”

小羚羊看没有小朋友跟她去避暑，只好跟着自己的妈妈去避暑啦！

060 从岩缝里长出来的小草

岩石长年累月地经受着风雨的侵蚀，裂开了一道缝。一棵草的种子落到了岩缝里来。

岩石说："孩子，你怎么到这里来了？我们太贫瘠了，养不活你啊！"

种子说："老妈妈，别担心，我会长得很好的。"

经过阵阵春雨的滋润，种子从岩缝里冒出了嫩芽。

阳光爱抚地照耀着它，春风柔和地轻拂着它，雨露更不断地给予这不平凡的幼芽以最慈爱的关注和哺育。

小草渐渐长大了，长得很健康，很结实。

岩石高兴地说："孩子，不错，你是坚强的，值得我们骄傲！"她用自己风化了的尘泥，把小草的根拥抱得更紧。

一个诗人走过，看见了从岩缝里长出的小草，不禁欣喜地吟咏道："呵！小草的生命多么顽强，我要千百遍地赞美它！"

小草谦逊地说："值得赞美的不是我，是阳光和雨露，还有紧抱着我根的岩石妈妈。"

061 象伯伯的家

象伯伯虽然一个人住在一间大屋子里，但路过的人每天都会听见象伯伯在屋子里和人聊天，有时是两个人的声音，有时是很多人的声音，这是怎么回事呢?

原来是这样的：

每天早上，象伯伯都要洗衣服，他把一大盆衣服塞进洗衣机里，洗衣机就"呼呼"地转起来。象伯伯坐在窗台旁晒太阳。太阳暖暖的，真舒服。象伯伯说："洗衣机，你累不累，歇会儿吧？""那可不行，我得洗完衣服才能停。"洗衣机边洗边回答。象伯伯又说："今天的天气真好，你洗的衣服晒到下午一定干透了。"洗衣机笑了，"轰隆轰隆"地抖了抖身体说："太阳晒晒，衣服又香又干净。"

象伯伯觉得肚子有点饿。他到厨房里打开微波炉，放进去一只圆圆的馒头。微波炉赶紧说："象伯伯，您怎么吃馒头了？昨天的香蕉面包您还没吃完呢！""哎哟，你瞧我的记性太差了！"象伯伯不好意思地打开冰箱，取出香蕉面包。冰箱说："象伯伯，再拿一根火腿肠和一只鸡蛋吧，这样吃营养丰富！"象伯伯点点头，说："对，对，营养要丰富，身体才能健康。"象伯伯把鸡蛋打碎，放在盘子里，又放上红红的火腿肠、黄黄的香蕉面包。象伯伯看着盘子，自言自语地说："这样多漂亮、多好吃呀！"盘子在微波炉里转起来。

"象伯伯，衣服洗好啦！"洗衣机在窗户旁边叫它。

象伯伯高兴地说："我家就我一人，怎么这么热闹啊！"

嘻嘻，象伯伯的家是不是很有意思呢。有空的时候，我们一起去看看吧！

062 冠军西瓜人

百米跑用了100分钟，跳高只跳过了10厘米 ，西瓜人最不爱上的一门课就是体育课了。趁着同学们去操场集合，西瓜人偷着溜出了学校，为了不上体育课，他只好逃学了。太阳光晒的操场上暖暖的。西瓜人正躺在大树荫下打着瞌睡，忽然听见传来了求救声。原来是几只坏蟋蟀正在欺负可怜的樱桃姑娘。

“住手，不许欺负人！”西瓜人勇敢地说。西瓜人可没把它们放在眼里，大胖肚子在地上一滚，坏虫子全给压进了土堆里。“西瓜大哥，你可真厉害，你一定是位摔跤运动员吧？”樱桃姑娘很佩服西瓜人。“才不是呢，我的体育成绩可糟了。”西瓜人不好意思了。

“没关系，你可以参加学校的摔跤队，肯定可以拿第一。”西瓜人迟疑地说：“我真的可以吗？”西瓜人真的参加了摔跤队。这里的训练可真艰苦，西瓜人就觉得自己可能活不到训练结束了。樱桃姑娘忙给西瓜人鼓劲儿：“没关系的，只要你坚持下去，你一定会得到摔跤比赛的第一名。”在樱桃姑娘地鼓励下，西瓜人终于坚持住了。每天清晨，大家都可以看到他在山坡上锻炼身体。比赛的日子到了，村里的小选手们都来参加比赛了，西瓜人获胜了。西瓜人战胜了许多对手，进入了决赛。他的决赛对手是长满硬刺的大榴莲，大榴莲便故意用身上硬刺压住西瓜人，樱桃姑娘和观众都为西瓜人加油，西瓜人终于忍住了疼，把大榴莲摔了个四脚朝天，成为了摔跤冠军。

063 乌鸦、龟、羚羊和老鼠

乌鸦、龟、羚羊和老鼠，它们生活在一起，团结亲密，是一个小集体。它们选择了一个极为隐蔽不为外人所知的地方，作为自己的栖息地。但这怎么可能呢？人们最终将发现它们的隐居地。因为不论在沙漠、高空还是湖海深处，总摆脱不了人类的种种追捕和搜寻。

羚羊头脑简单，当它独自游玩时，遇到了一位打猎的猎人，羚羊开始逃命，狗追寻着它的踪迹。

到了吃饭的时候，还不见羚羊回家，老鼠对另两位说："怎么回事？今天只有我们三位在一起用餐，难道羚羊已经忘掉了我们弟兄仨？"

听了这话乌龟马上伸长脖颈喊了起来："唉呀，要是我像乌鸦一样有着翅膀，我就立刻动身，看看铃羊到底在什么地方出了事情，或者是谁把我们这位步履轻快的伙伴留住了。它没在，我们心里时刻记挂着它。"

于里乌鸦放下餐具展翅高飞，它从空中远远地看到这只莽撞的羚羊掉进了陷阱，正在使劲地挣扎。乌鸦马上回来向老鼠和乌龟汇报，由于两位只顾着问羚羊什么时候、什么原因遇了难，乌龟又像一位迂腐的老学究作出种种判断。结果大伙空话连篇，耗去了许多宝贵的时间。三位朋友最后一致作出决定：时间紧急不能再耽搁，马上前往羚羊出事的地点。

"这乌龟君嘛，"乌鸦说，"因为它走得实在太慢，还不定什么时候才能到，也许要在羚羊死后吧！干脆它在家守着得了。"这话说完，它们二位马上出发去救那只可怜的羚羊，它们亲爱而忠实的伙伴。乌龟十分想像其他二位一样迅速前往出事的地方，只可惜自己的脚短，还背着个沉重的包袱。

当老鼠咬断了陷阱里的网结，大家的高兴劲就甭提了。就在这时候，猎人赶到了，他厉声喝问："谁把我的猎物放跑了？"老鼠闻声马上躲进了洞里，乌鸦则飞到了树上，羚羊也早早地消失在树林丛中。猎人因为找不到失踪的线索，气得简直快发疯了。循着小路走，他发现了乌龟，气也就消了一半。他自言自语地说："我没有白跑一趟，这乌龟就权当晚餐了。"

猎人把乌龟放进一个袋子里，要不是乌鸦及时通报羚羊，乌龟就成了"替罪羊"了。只见羚羊故意从躲藏的地方走出来，假装瘸腿出现在猎人的面前，引诱猎人去追捕它。猎人将沉甸甸的口袋扔到路旁追羚羊去了。这时候，老鼠趁机把扎紧口袋的绳结咬断，如此这般，老鼠又救下了猎人打算作晚餐的乌龟。

064 月季和玫瑰

篱笆边上住着一朵月季花。一阵大风刮了一粒玫瑰花的种子，在月季花的旁边住下了。春天到了，玫瑰花发芽了，样子长得和月季花还挺像的。月季花对这个酷似自己的小家伙很好奇，总是偷偷地打量着玫瑰花。

玫瑰花很友好，两个小家伙很快就成了好朋友。现在，他们正隔着篱笆谈论着今天的天气呢，两个好朋友就这样一直和和气气地相处着。

旁边大树上的燕子也成了她们的好朋友，每天都要飞到很远的地方提水来给她们喝。

后来，一个小女孩见到了月季花和玫瑰花。她瞧了瞧月季花，又瞧了瞧玫瑰花，说："还是玫瑰花比较漂亮。"

听了小女孩的话后，月季花心里感到很生气，就扭过头去不再答理玫瑰花了。

这天，又来了一个小男孩，他说："还是月季花比较漂亮。"月季花很奇怪：不是说玫瑰花比我漂亮吗？

这时，对面的玫瑰花开口了："谁更漂亮其实并不重要，重要的是我们是朋友。"月季花终于明白了：这个世界上没有比友谊更重要的东西了。

065 垃圾山又回到妈妈身边

摩天城外有座垃圾山。人们都说，那是被摩天城妈妈遗弃的孩子。可是，摩天城妈妈从来不承认。她说：“垃圾山不是我喂养大的吗，我每天给他吃喝，他才长得现在这样高，这样壮。”“那为什么不让他留在你身边？”有人问。摩天城妈妈叹了口气说，“他太脏，太丑了。”听了妈妈的话，垃圾山痛苦地哭了。是的，自己整天蓬头垢面，千疮百孔，真比丑小鸭还丑呀！垃圾山连续三天三夜没有吃到妈妈送来的东西，更没有小弟弟、小妹妹来看他。垃圾山不放心，他请风伯伯去看看，摩天城到底发生了什么事？风伯伯在摩天城转了一圈。真怪，垃圾上哪儿去了？

在公路上，风伯伯看见一辆满载废纸的大板车，连忙拦住问：“喂，你们是去垃圾山的吧？”大板车摇了摇头说：“不，我们是去造纸厂。这些废纸回收，制成纸浆，可是造纸的好原料哩！”风伯伯忙了半天，觉得身上有点发冷，赶忙跑到一家火力发电厂，想借火炉暖暖身子。奇怪，他看见火炉旁边堆了许多五颜六色的小方块。“难道从地底下挖出了彩色煤？”他问大火炉。大火炉笑哈哈地说：“这些是‘垃圾干块’，是由废纸、碎布、木屑压制出来的好燃料。”风伯伯暖和了身子，又兴冲冲地跑进了饲养场和蔬菜地。在那里，他又遇见了用垃圾制成的饲料和肥料。原来，摩天城妈妈变了，她把垃圾变成了宝物，又派上了新用场啦！风伯伯把这个喜讯告诉了垃圾山。垃圾山这才明白了，自己的小弟弟、小妹妹们都在摩天城妈妈的身边变成“小天鹅”了。只不过妈妈怎么把垃圾山忘了？就在这时，从摩天城开出了许多大卡车，这是摩天城派来接垃圾山的，垃圾山惊喜万分。他们在大卡车的帮助下，总算又重新回到摩天城妈妈的怀里，成了对人类有用的好孩子。

Part 3

一起感受神奇的世界：胎教神话故事

一起感受神奇的世界：胎教神话故事

神话故事总是充满幻想，但是它们又代表着一种文化，读神话故事就好像徜徉在幻想的海洋里面。盘古开天地、女娲造人、大禹治水、精卫填海……这一个个流传广泛的古代神话传说，无一不展现着我国古代劳动人民对自然的认知和无穷的幻想，体现着人们对美好生活的向往和追求。聆听先人留下的神话传说，不仅能够丰富孩子们的想象力，更有助于他们了解中国古典文化。

001 盘古开天

传说很早以前，天和地是连在一起的，那个时候世界上什么生物也没有。盘古在这片混沌的天地间孕育了18000年后，醒了过来。他将天地劈开，变成了两部分，头顶的叫天，脚下的叫地。盘古施展神功，一直将天变得很高很高，天地之间的距离变得足够大。后来盘古实在太累了，就躺到地上死去了。

盘古临死前，他嘴里呼出的气变成了春风和天空的云雾，声音变成了天空的雷霆，左眼变成太阳，右眼变成皎洁的月亮，头发变成颗颗星星，鲜血变成江河湖海，肌肉变成千里沃野，骨骼变成树木花草，筋脉变成了道路，牙齿变成石头和金属，精髓变成明亮的珍珠，汗水变成雨露，盘古倒下时，他的头和四肢变成了五座大山。

002 女娲造人

女娲是一位女神。盘古开辟了天地之后，世界上还没有人类，女娲感到寂寞，于是她想照着自己的样子，用泥巴和水，捏出一些小东西来，她把这些小东西称作“人”。

这些“人”是仿照神的模样造出来的，气概举动自然与别的生物不同，居然会叽叽喳喳讲起和女娲一样的话来。他们在女娲身旁欢呼雀跃了一阵，慢慢走散了。女娲想把世界变得热热闹闹，让世界到处都有她亲手造出来的人，于是不停地工作，捏了一个又一个。

但是世界毕竟太大了，她工作了很久，双手都捏得麻木了，捏出的小人分布在大地上仍然太稀少。她想这样下去不行，就顺手从附近折下一条藤蔓，伸入泥潭，沾上泥浆向地上挥洒。结果点点泥浆变成一个个小人，与用手捏成的模样相似，这一来速度就快多了。女娲见新方法奏了效，越洒越起劲，大地就到处都有了人。

003 女娲补天

水神共工和火神祝融打起仗来，败了的共工不服，一怒之下，把头撞向不周山。结果把支撑天地之间的大柱撞折了，天倒下了半边，出现了一个大窟窿，人类面临着空前大灾难。

女娲目睹人类遭到如此灾难，感到无比痛苦，于是决心补天。她选用各种五色的石子，用火将它们熔化成浆，用这种石浆将残缺的天窟窿填好，随后又斩下一只大龟的四脚，当作四根柱子把倒塌的半边天支起来。人们又重新过上了安乐的生活。

004 精卫填海

炎帝有一个小女儿，叫女娃。女娃十分乖巧，黄帝见了她，也都忍不住夸奖她，炎帝视女娃为掌上明珠。可是有一次女娃去东海却不小心掉进水里淹死了。她死后变成了一只鸟，叫“精卫”。精卫痛恨无情的大海夺去了自己年轻的生命，她要报仇雪恨。因此，她一刻不停地从她住的发鸠山上衔小石子，展翅高飞，一直飞到东海。她在波涛汹涌的海面上回翔闵，悲鸣着，一次又一次把石子树枝投下去，想把大海填平。

大海奔腾着，咆哮着，嘲笑她：“小鸟儿，算了吧，你这工作就算干一百万年，也休想把我填平！”精卫十分执著，在高空答复大海：“哪怕是干上一千万年，一万万年，干到宇宙的尽头，世界的末日，我终将会把你填平的！”轮到大海不解了：“你为什么这么恨我呢？”“因为你夺去了我年轻的生命，你将来还会夺去许多年轻无辜的生命。我要永无休止地干下去，总有一天会把你填成平地。”

005 后羿射日

古时候，天上有十个太阳，他们每天一起出来，照得大地寸草不生，人们生活十分艰难。

有个年轻英俊的英雄叫后羿，他是个神箭手，箭法超群，百发百中。他看到人们生活在苦难中，便决心帮助人们脱离苦海，射掉那多余的九个太阳。他爬过了九十九座高山，迈过了九十九条大河，穿过了九十九个峡谷，来到了东海边。他登上了一座大山，山脚下就是茫茫的大海。后羿拉开了万斤力弓弩，搭上千斤重利箭，瞄准天上火辣辣的太阳，嗖的一箭射去，第一个太阳被射落了。接着后羿又连续射掉了八个太阳，最后只剩下了一个。

人们终于从炎热的生活里面脱离出来，再也不用受苦了。后羿也被奉为英雄，他的英雄事迹为人们广为传颂。

006 愚公移山

从前有个老人叫愚公，他已经有90岁了。他家门前有两座大山，出行很不方便。有一天，他召集全家人开会，提议说要搬走这两座大山。愚公地提议得到了全家的认同，于是全家人开始动起手来。一个月干下来，大山看上去都没有什么变化。村里有个老头叫智叟，他看到愚公一家搬山，开始笑话他们。智叟对愚公说：你这么大年纪了，怎么可能搬得动这两座大山呢？愚公说：我搬不动了，我的儿子、孙子……子子孙孙，都可以搬。愚公不理会嘲笑，带着全家，继续搬。他们的精神终于感动了天帝，所以天帝命大力神的两个儿子帮助他们搬走了大山。

007 龙灯

从前，有个姓胡的老扎灯匠，手艺很好，扎出来的鸟会飞，鱼会游，小狗会摇头，连皇帝都听说了，派人把他叫去给皇帝扎龙灯。

胡灯匠并不想给这个残暴、不知爱惜百姓的坏皇帝扎灯，可圣旨难违，不做就要被杀头的，没办法了，胡灯匠只得照皇帝地命令去做。七天七夜，胡灯匠眼都没合一下，终于扎出来了一条张牙舞爪、威风凛凛的大蛟龙。

到了元宵这一天，胡灯匠拿出一个红通通的圆灯笼作龙珠，逗弄着大蛟龙，将它舞得活灵活现、气势磅礴，皇帝在一旁乐得合不拢嘴，直拍手叫“好！好！太好了！”

胡灯匠领着蛟龙一会儿上，一会儿下，一会儿左，一会儿右，皇帝看得眼都花了。突然，胡老汉将龙珠对着皇帝猛地抛过去，蛟龙随势向皇帝扑了过去，三牙两爪就把这个荒淫无度的昏君给杀死了。接着，蛟龙又从口中喷出熊熊火焰，整个皇宫烧成了一片火海，这个搜刮民脂民膏造起来、供皇帝享乐用的宫殿顿时化为了灰烬。

此时，天空飘过来一朵五彩祥云，胡灯匠骑着蛟龙飞上祥云，向着家乡飞去。

008 夸父逐日

夸父是古代神话传说中的一个巨人，住在北方荒野的成都载天山上。有一年的天气非常热，火辣辣的太阳直射在大地上，烤死庄稼，晒焦树木，河流干枯。人们热得难以忍受，夸父族的人纷纷死去。夸父看到这种情景很难过，他仰头望着太阳，告诉族人："太阳实在是可恶，我要追上太阳，捉住它，让它听人的指挥。"族人听后纷纷劝阻。可是夸父却坚决要去追日。

他追着太阳跑啊跑，当到达太阳将要落入的禺谷之际，觉得口干舌燥，便去喝黄河和渭河的水，河水被他喝干后，口渴仍没有止住。他想去喝北方大湖的水，还没有走到，就渴死了。夸父临死，抛掉手里的杖，这杖顿时变成了一片鲜果累累的桃林，为后来追求光明的人解除口渴。

009 孔融让梨

很久很久以前，有一个小孩子名字叫孔融。他家有六个兄弟，他排行第六，大家都叫他小六儿，因为他性情活泼、随和，大家都喜欢他。虽然家里兄弟多，但爸爸妈妈对他们每个人的要求都很严格：要勤奋读书；对人要懂礼貌；说话要和气；无论什么事，兄弟们都要互相谦让，不要光想着自己；别人有困难要给予帮助。孔融年纪虽小，爸爸和妈妈的话，他都记得清清楚楚。他喜欢做事，总抢着扫地呀，端碗的，非常讨人喜欢。

在孔融四岁那年，有一天，爸爸的一个学生来看老师和师母，并带来了一大堆梨。客人让孔融把梨分给大家吃。在爸爸点头同意后，小孔融站起来给大家分梨。他先拿个最大的梨给客人；然后挑两个大的给爸爸、妈妈；再把大的一个一个分给了哥哥们；最后，他才在一大堆梨中，拿了一个最小的给自己。客人问小孔融为什么捡一个最小的给自己呢？孔融回答："我年纪最小，当然应该吃最小的。"客人听了孔融的回答直夸奖他。爸爸也满意地点了点头。

010 亲尝汤药

汉文帝刘恒，汉高祖第三子，为薄太后所生。高后八年（前180）即帝位。他以仁孝之名，闻名于天下，侍奉母亲从不懈怠。母亲卧病三年，他常常目不交睫，衣不解带；母亲所服的汤药，他都要亲口尝过后才放心让母亲服用。

他在位24年，重德治，兴礼仪，注意发展农业，使西汉社会稳定，人丁兴旺，经济得到恢复和发展，他与汉景帝的统治时期被誉为"文景之治"。

011 百里负米

仲由，字子路、季路，春秋时期鲁国人，孔子的得意弟子，性格直率勇敢，十分孝顺。早年家中贫穷，自己常常采野菜做饭食，却从百里之外负米回家侍奉双亲。父母死后，他做了大官，奉命到楚国去，随从的车马有百乘之众，所积的粮食有万钟之多。

他坐在垒叠的锦褥上，吃着丰盛的筵席，却还常常怀念双亲，慨叹说："即使我想吃野菜，为父母亲去负米，哪里能够再实现呢？"孔子赞扬说："你侍奉父母，可以说是生时尽力，死后思念啊！"

012 鹿乳奉亲

郯子，春秋时期人。父母年老，患眼疾，需饮鹿乳治疗。他便披鹿皮进入深山，钻进鹿群中，挤取鹿乳，供奉双亲。一次取乳时，看见猎人正要射杀一只麑鹿，郯子急忙掀起鹿皮现身走出，将挤取鹿乳为双亲医病的实情告知猎人，猎人敬佩他孝顺，以鹿乳相赠，并护送他出山。

013 戏彩娱亲

老莱子，春秋时期楚国隐士，为躲避世乱，自耕于蒙山南麓。他孝顺父母，尽量挑拣美味供奉双亲。70岁尚不言老，常穿着五色彩衣，手持拨浪鼓如小孩子般戏耍，以博得父母开心。一次为双亲送水，进屋时跌了一跤，他怕父母伤心，索性躺在地上学小孩子哭，逗得二老大笑。

014 大禹治水

古时候，人们时常受到洪水的侵害。大禹主动请缨，率领民众，与自然灾害中的洪水斗争。面对滔滔洪水，大禹从前人治水的失败中汲取教训，对洪水进行疏导，他带领群众凿开了龙门，挖通了九条河，经过十年的努力，终于把洪水引到大海里去，地面上又可以供人种庄稼了。他和老百姓一起劳动，戴着箬帽，拿着锹子，带头挖土、挑土。大禹为了治理洪水，长年在外与民众一起奋战，大禹的脚因长年泡在水里连脚跟都烂了，只能拄着棍子走。

015 百鸟之王少昊

黄帝主宰宇宙，坐镇中央，东、南、西、北四方，自有伏羲、炎帝、少昊、帝颛顼经管。那少昊的母亲皇娥原是天上的织女，她在玉砌的宫殿里纺纱织布，往往要忙到深夜，她编织出来的锦缎，就是那天空中流光溢彩的云霞。疲倦时，皇娥常常轻摇木筏，在银河里徜徉。一日，皇娥沿着银河溯流而上，驶往银河源、西海边的穹桑。穹桑是一棵八百丈高的大桑树，它一万年结一次果，结出的桑椹色泽鲜紫，香气清远，吃了可以与天地同寿。

穹桑下、银河畔，一位容貌超尘绝俗的少年在徘徊，少年是黄帝的同胞兄弟西方白帝的儿子金星，就是那颗每天凌晨在东方天穹闪闪发光的启明星。少年与皇娥一见钟情，订下了终身之约。他俩用桂木做桅杆，用香草做旌旗，又雕刻了一只玉鸠放在桅杆顶端辨别风向。在随风漂流的木筏上，少年如行云流水般弹奏起桐峰梓瑟，皇娥和着琴声唱起了情歌，歌罢，少年复轻轻唱和，两人相依相偎，

皇娥夜织，一唱一和，乐而忘返。一年以后，少昊诞生了，他是皇娥和少年爱的结晶。

少昊又称穹桑氏、金天氏，名字叫挚，本相是一只金雕。他起初在东海外儿万里远的海岛上建立了一个鸟的王国，文武百官全系各种各样的飞禽：凤凰通晓天时，负责颁布历法。鱼鹰彪悍有序，主管军事；鹁鸪孝敬父母，主管教化；布谷鸟调配合理，主管水利及营建工程；苍鹰威严公正，主管刑狱；斑鸠热心周到，主管修缮等杂务。五种野鸡分管木工、金工、陶工、皮工、染工；九种扈鸟分营农业上的耕种、收获等事项。

少昊在东方鸟国为王时，他的侄儿，即黄帝的曾孙帝颛顼曾来探访。少昊非常喜欢这个侄儿，为了培养他的执政能力，特意让他协助治理政务，还亲自制作琴瑟，教他弹唱。帝颛顼长大，回到自己的封邑去了。少昊睹物伤情，把琴瑟抛到海底的深沟里。听长年航海的水手说，风清月朗、碧海无波的静夜，从大海深处偶尔会传出阵阵悠扬悦耳的琴声，那是少昊的琴瑟在鸣唱呢。

黄帝封少昊为西方金德之帝，少昊告别他的百鸟，留下人面鸟身的大儿子木神勾芒做东方木德之帝伏羲的属神，自己带着人脸虎爪、遍体白毛、手持大斧、身乘双龙的小儿子金神蓐收回归故乡。

少昊住在长留山，蓐收住在泑山。父子俩名义上管理着西方三十六国，实际工作却很清闲，只是在每天傍晚观察西落的太阳反射到东边的光辉是否正常。红日西沉，浑圆壮阔，霞光满天，因此少昊又叫员神，蓐收又叫红光。他们的名字，构成了一幅庄严而凄美的落日图景。

016 老鼠娶亲

很久以前，有一对老鼠夫妇，他们的年纪都已经很大了，而他们的女儿也到了谈婚论嫁的年龄。

眼看就要过年了，鼠爸爸和鼠妈妈急着要为女儿找一位世界上最伟大、最有本领的丈夫。于是，第二天一大早，鼠爸爸和鼠妈妈便走出家门，开始为女儿寻找如意郎君。

这时，太阳公公从东方冉冉升起，给大地带来一片光明，鼠爸爸和鼠妈妈相视一笑，不约而同地说，太阳公公正是我们所要寻找的理想对象呀！太阳公公知道了他们的来意以后，不禁笑着对他们说我虽然能够光芒普照大地，给大家带来温暖，但是，当乌云来的时候，我就会变得黯淡无光了。因此，乌云才是天下最伟大的。而且我已经这样一大把年纪了，实在不适合做你们的女婿。

鼠爸爸和鼠妈妈觉得太阳公公的话很有道理，因此打算去找乌云。

当他们正要离开去找乌云的时候，天空忽然暗了下来。原来，乌云正好来拜访太阳公公，当他得知鼠爸爸和鼠妈妈的来意后，急忙说："啊！不，虽然我可以挡住太阳公公的光，但是，我可不是最有本领的，风才是你们理想的对象，因为只要他一来，我就会被吹得七零八落，晕头转向，他才是世界上最伟大的。"

说时迟那时快，突然，呼地一声，风挥舞着他的大披风，神气活现地飞了过来。

当时大家都被吹得东倒西歪，感觉到风的威力的确如乌云所说，非常强大。

太阳公公和乌云极力推选风作鼠爸爸和鼠妈妈的女婿。

风被他们的话说得有些不好意思了，说道：你们别看我有时候非常威风，但是只要有一堵墙，就可以将我弹倒在地，摔得浑身是伤！所以，在我看来，墙才是世界上最有本领、最伟大的，你们应该去找墙作你们的女婿。

鼠爸爸和鼠妈妈听了这话，看看四周一片广阔的草原，对风说：“这里一片空旷，你让我们到哪里去找墙呢？”

风说：“你们顺着这个方向一直往前走，到了一个村子以后，就可以找到一面大墙了。”

鼠爸爸和鼠妈妈只好继续往前走，走了好几天，终于来到了那个村子，鼠妈妈眼睛一亮，大声说：那儿果然有一堵大墙！

他们急忙跑过去，正准备开口请求大墙娶他们的女儿为妻时，却看见墙愁眉苦脸地说：“看呐！你们这些老鼠，就是喜欢在我身上打洞，我真是拿你们没有办法。”

原来，这时有一只年轻力壮的老鼠正在大墙底下挖洞呢！

直到这时，鼠爸爸和鼠妈妈才恍然大悟，原来，他们也有让别人羡慕和无奈的才能。于是，就把女儿嫁给了这只年轻力壮的老鼠。这天正好是农历正月初三，因此人们就把这一天称为“老鼠娶亲”的日子。

017 鲤鱼治恶龙

在很早以前，不知从哪儿飞来一条大黄龙，作恶多端。它不是呼风唤雨破坏庄稼，就是吞云吐雾残害生灵，把整个村庄搞得乌烟瘴气，不得安宁。每年六月六日它的生日这天，更是强迫人们献上一百头猪等物供它享用。如若不然，它就会破坏田园，害得村民们叫苦连天。

在镇上，有一位聪明俊美的小姑娘，名叫玉姑，她下定决心，非除掉这条恶龙不可。有几次，她去找仙子求救，都未找着。她仍不灰心，继续去找。这天清晨，她又去找仙子，仙子被玉姑心诚志坚的精神感动了，就出现在她眼前，向她指点说："离这儿千里之外有个鲤鱼洞，你可前去会见一位鲤鱼仙子，她定能相助于你。"

玉姑辞别仙子，跋山涉水，历尽千辛万苦，来到鲤鱼洞中，找到鲤鱼仙子，说明来意。鲤鱼仙子对玉姑说："你想为民除害，这是件大好事，可是必须牺牲你自己啊！你愿意这样做吗？"玉姑毫不犹豫地说："只要是为乡亲们除害，我心甘情愿！"鲤鱼仙子见玉姑这样诚恳坚决，十分满意地点了点头，朝玉姑喷了三口白泉，她顿时变成了一条美丽的红鲤鱼。

小红鲤游回家乡。这天正是六月六日清晨，她摇身变还原貌，见乡亲们已准备了一百头肥猪。黄龙见百姓送的盛餐佳肴，早已垂涎三尺，得意地张开大口。就在这时，玉姑抢先上前，拦住父老乡亲们说道："大家在此暂停等着，让我前去收拾这个害人精。"话刚说完，只见玉姑纵身跳下水中，霎时变成一条大红鲤鱼，直朝恶龙口中冲去，一下窜进它的肚中，东刺西戳，把恶龙的五脏六腑捣得稀烂，恶龙拼命挣扎，浑身翻滚，但无济于事，终于被玉姑制服了。从此，村民们又过上了安居乐业的日子。

018 锦线女龙

很久很久以前，狭门山坳里，住着一户人家。家中住着母女俩，母亲韩氏，女儿姓郑名绣花。郑绣花心地善良，勤劳聪明，描龙绣花，巧夺天工。她绣的凤好像会飞上天，她刺的花能引来群群蜜蜂，她描的龙看上去隐隐会动。绣花姑娘在远近一带出了名，母女俩就靠帮人刺绣苦度时光。

有一年夏天，滴雨不见，庄稼枯死了，水井干涸了。绣花心里很着急。

她想：人人都说龙会化雨，我何不绣条龙，或许真能降下甘霖解救旱情。于是她找出一条白绢，穿银针，引彩线，一针针，一线线，认认真真地绣起龙来。绣呀绣呀，白天绣，夜里绣，茶不喝，饭不思，一刻不停地绣。整整绣了七七四十九天，终于绣出了一条色彩斑斓的锦龙，橙角红须，黄鳞金爪，栩栩如生，真像活龙一样美！

锦龙绣成了，绣花又好不容易从山沟里找来一盆清水，恭恭敬敬把锦龙放进水盆，供在自己绣房的窗台上。绣花每日每夜守着它，祈祷锦龙早日降神雨。

一天，母亲来到绣花房中，见女儿精疲力尽地伏在窗台上，想叫女儿上床休息。韩氏走近窗台，猛见盆中锦龙张牙舞爪地在游动，吓得她啊地一声惊叫，绣花惊醒过来见母亲惊恐万状地端着水盆要往窗外倒，慌忙伸手夺过水盆。母亲说："盆里有妖怪！"说着又来夺水盆。绣花不让，转身躲开，不料手上一滑，水盆掉到地上。只听得轰隆一声响，摔下水盆的地方顿时变成了一个水潭，这就是现在的"洞底府龙潭"。

绣花一见盆子砸，锦龙没了，一阵心痛，哇地一声哭喊，跳进水潭去捞锦龙。说也奇怪，绣花在水潭里一阵翻滚，头上居然长出两只角来。眨眼间，潭里腾空飞出一条七色锦龙。韩氏看着慌了，以为是妖怪抓走了女儿，就拚命地抓住龙爪不放。可是，龙越腾越高，她一松手，只见龙爪上掉了一件东西，仔细一看，原来是女儿的绣花鞋。那鞋子不偏不倚跌落在一株大树下。韩氏正想去拾，只听哗啦啦一声，槐树下涌出一口泉水井，这就是现在的紫微詹家的槐树井。

锦龙腾空而去，一直飞向大海。快到海边了，锦龙就地一滚，滚出一条河道来，河水哗哗流向田野。母亲舍不得女儿，连哭带跑追向海边，一边追一边喊："绣花回来呀！绣花回来呀！"母亲一声喊，锦龙一回头，河道就弯一弯。母亲喊女十三声，锦龙回头十三次，河道弯了十三弯，这就是如今的墩头大浦十三湾。

母亲喊到第十四声，只见锦龙纵身跃入大海。母亲想见女儿，一直爬上山岭尖呆呆地眺望大海，这岭就是如今的紫微望海岭。

从那以后，紫微一带有潭有井，有泉有河，人们再也不愁久旱无雨了！

因为锦龙是绣花姑娘变的，所以当地百姓都叫她"锦线女龙"。

019 张良拜师

张良字子房，韩国（今河南中部山西东南一带）人，因为逃避战乱来到河南南阳，后来又搬到沛国，就算是沛国人了。

童年时，张良有一次到下邳，当时是风雪正猛的冬天，他经过沂水桥时，遇见了一位穿黄单衣系黑头巾的老人。老人故意把自己的鞋扔到桥下，看着张良说："你这个小家伙，到桥下把我的鞋捡回来！"张良没有丝毫不愿意的表现，马上跑到桥下把鞋捡上来递给老人。老人不接鞋，却伸着脚让张良给穿上，张良就恭恭敬敬地把鞋给老人穿上了。

老人笑了笑说："你这孩子可以做我的学生了。明天早上你还到这儿来，我将会教给你一些东西。"

第二天，张良天不亮就赶到桥上，见老人已经坐在那里了。老人说："你比我来得晚，今天不能教你东西。"这样让张良白跑了三次，第四次张良终于比老人先来到桥上。这次老人高兴了，送给张良一部书并说，“你读通了这部书就能给帝王当军师了。以后如果再找我，我是谷城山下的黄石公。”

张良回去后钻研那本书，掌握了在政治和军事斗争中的各种应变策略，后来他辅佐汉高祖刘邦统一了天下。后代把老人给他的那部书称为“黄石公书”。

020 神笔马良

从前，有个叫马良的穷孩子，他天生聪敏，从小喜欢画画。可是由于家里穷困潦倒，他连买一支笔的钱也没有。每天，他到山上打柴时，就折一根树枝在山坡上画；到河边割草时，就用草根蘸着河水在河边画；回到家里，就拿一块木炭在院子里画。

马良坚持不懈地画画，从没有间断过一天。于是他常常想，如果自己能有一支画笔那该有多好呀。一个晚上，马良恍惚中感到窑洞里亮起了一阵五彩的光芒，这时出现了一个白胡子老人，老人送给他一支金光灿灿的神笔。马良高兴地惊醒过来，原来是个梦！可他看看自己的手上真的有一支笔，他惊喜万分，马上用笔画了一只鸟，鸟竟然活了过来，展开翅膀飞了起来，他又画了一条鱼，鱼也活了起来，活蹦乱跳地。马良有了这支神笔，就开始天天替村子里穷苦善良的人家画画，谁家缺什么，马良就给他们画什么。

邻村有一个贪婪、为富不仁的大财主，听说这件事后，他马上派人将马良抓了过去，逼他为自己画画。无论财主如何哄他、吓他，他就是不肯画。财主把他关到了马厩里，不给他饭吃。傍晚下起了鹅毛大雪。财主见马厩的门缝里透出红色的亮光，还闻到一股香喷喷的味道，就向门里看，只见马良在里面烧起了一个大火炉，边烤着火，边吃着热烘烘的饼子。这火炉和饼子都是马良用神笔画出来的。财主顿时怒火中烧，打算把马良杀死，夺下他的神笔。这时马良攀上一架梯子，翻墙走了。财主急忙攀上梯子去追，刚爬了两步，就摔了下来。原来，这梯子也是马良用神笔画的。财主还没爬起来，马良已骑着一匹用神笔画的骏马飞奔而去。

财主骑着马，带着人，追了上来。眼看着就要追上了，马良用神笔画了一张弓、一支箭。马良搭弓射箭，一箭射中了财主的咽喉，财主顿时气绝身亡。

皇帝知道后，派人把马良抓了去。皇帝威逼马良给他画株摇钱树，否则，就杀掉马良。马良挥起神笔，画了一个无边的大海，大海中央有一个小岛，岛上有一株又高又大的摇钱树。马良又画了一只巨大的木船，皇帝带上人上了木船。马良又画了几笔风，大木船顺风而行。马良继续不停地画风，海风卷起一层层的巨浪，船被巨浪打翻了，皇帝也沉到了海底。

马良后来到底去了什么地方，人们都不得而知。有人说，他回到了自己的家乡，和那些种地的伙伴在一起。也有人说，他到处流浪，专门给穷苦的人们画画。

021 过年的传说

中国古时侯有一种叫“年”的怪兽，它长得十分凶猛，一到除夕就爬上岸来吞食牲畜、伤害人命，因此每到除夕，村里的人们就扶老携幼，逃往深山，以躲避“年”的伤害。

有一年除夕，乡亲们又忙着收拾东西往深山里逃，这时，来了一个白发老人，他对一老婆婆说：“只要你让我在这里住一晚，我就能将‘年’兽驱走。”众人不信，老婆婆劝其还是上山躲避的好，老人坚持留下，众人见劝她不住，便纷纷上山躲避去了。

当“年”兽像往年一样准备闯进村里肆虐时，突然传来白发老人点燃的爆竹声，“年”兽混身颤栗，再也不敢向前凑了，原来“年”兽最怕红色，火光和炸响，这时大门大开，只见院内一位身披红袍的老人哈哈大笑，“年”兽大惊失色，仓皇而逃。

第二天，当人们从深山回到村里时，发现村里安然无恙，这才恍然大悟，原来白发老人是帮助大家驱逐“年”兽的神仙，人们同时还发现了白发老人驱逐“年”兽的三件法宝。从此，每年的除夕，家家都贴红对联，燃放爆竹，户户灯火通明，守更待岁，这风俗越传越广，成了中国民间最隆重的传统节日“过年”。

022 元宵节的传说

汉高祖刘邦死后，吕后之子刘盈登基为汉惠帝，惠帝生性懦弱，优柔寡断，大权渐渐落在吕后手中，汉惠帝病死后吕后独揽朝政把刘氏天下变成了吕氏天下，朝中老臣，刘氏宗室深感愤慨，但都惧怕吕后残暴而敢怒不敢言。

吕后病死后，诸吕惶惶不安，害怕遭到伤害和排挤，于是，在上将军吕禄家中秘密集合，共谋作乱之事，以便彻底夺取刘氏江山。

此事传至刘氏宗室齐王刘囊耳中，刘囊为保刘氏江山，决定起兵讨伐诸吕随后与开国老臣周勃、陈平取得联系，设计解除了吕禄，“诸吕之乱”终于被彻底平定。

平乱之后，众臣拥立刘邦的第二个儿子刘恒登基，称汉文帝，文帝深感太平盛世来之不易，便把平息“诸吕之乱”的正月十五，定为与民同乐日，京城里家家张灯结彩，以示庆祝。从此，正月十五便成了一个普天同庆的民间节日——“闹元宵”。

023 清明节的传说

春秋时期，晋公子重耳为逃避迫害而流亡国外，流亡途中，在一处荒无人烟的地方，又累又饿，再也无力站起来。随臣找了半天也找不到一点吃的，正在大家万分焦急的时候，随臣介子推走到僻静处，从自己的大腿上割下了一块肉，煮了一碗肉汤渐渐恢复了精神，当重耳发现肉是介子推从自己腿割下的时候，流下了眼泪。

十九年后，重耳作了国君，也就是历史上的晋文公。即位后文公重重赏了当初伴随他流亡的功臣，唯独忘了介子推。很多人为介子推鸣不平，劝他面君讨赏，然而介子推最鄙视那些争功讨赏的人。他打好行装，和母亲一起悄悄地到绵山隐居去了。

晋文公听说后，羞愧莫及，亲自带人去请介子推 ，然而介子推已离家去了绵山。绵山山高路险，树木茂密，找寻两个人谈何容易，有人献计，从三面火烧绵山，逼出介子推。 大火烧遍绵山，却没见介子推的身影，火熄后，人们才发现背老母亲的介子推已坐在一棵老柳树下死了。晋文公见状，恸哭不已。装殓时，从树洞里发现一血书，上写道：割肉奉君尽丹心，但愿主公常清明。为纪念介子推，晋文公下令将这一天定为寒食节。

第二年晋文公率众臣登山祭奠，发现老柳树死而复活。便赐老柳树为"清明柳"，并晓谕天下，把寒食节的后一天定为清明节。

024 端午节的传说

战国时代，楚秦争夺霸权，诗人屈原很受楚王器重，然而屈原的主张遭到上官大夫靳尚为首的守旧派的反对，不断在楚怀王的面前诋毁屈原。楚怀王渐渐疏远了屈原，有着远大抱负的屈原倍感痛心，他怀着难以抑制的忧郁悲愤，写出了《离骚》、《天向》等不朽诗篇。

公元前229年，秦国攻占了楚国八座城池，接着又派使臣请楚怀王去秦国议和。屈原看破了秦王的阴谋，冒死进宫陈述利害，楚怀王不但不听，反而将屈原逐出郢都。楚怀王如期赴会，一到秦国就被囚禁起来，楚怀王悔恨交加，忧郁成疾，三年后便客死于秦国。楚顷衰王即位不久，秦王又派兵攻打楚国，顷衰王仓惶撤离京城，秦兵攻占郢城。屈原在流放途中，接连听到楚怀王客死和郢城攻破的噩耗后，万念俱灰，仰天长叹一声，投入了滚滚激流的汨罗江。

江上的渔夫和岸上的百姓，听说屈原大夫投江自尽，都纷纷来到江上，奋力打捞屈原的尸体。还拿来了粽子、鸡蛋投入江中，还有郎中把雄黄酒倒入江中，以便药昏蛟龙水兽，使屈原大夫尸体免遭伤害。

从此，每年五月初五屈原投江殉难日，楚国人民都到江上划龙舟，投粽子，以此来纪念伟大的爱国诗人，端午节的风俗就这样流传下来。

025 七夕的传说

很久以前，有一个跟着哥哥嫂嫂一起生活的孤儿，他既聪明又勤快，可嫂嫂仍然嫌弃他，天不亮就赶他上山放牛，因此，大家都叫他牛郎。成年后，哥哥嫂嫂和牛郎分了家，狼心的嫂嫂只给他一间破草房，一头老牛。从此，牛郎白天放牛、砍柴，晚上就和老牛同睡在那间破草房里。

一天，牛郎赶牛走进了一片陌生的树林，这里山青水秀、鸟语花香。牛郎看到九个仙女驾着五彩祥云落在了河边的草地上，然后脱去五彩霓裳，跳进清澈见底的河水里洗澡。牛郎盯着一个最年轻最美丽的仙女看入了神，这时老牛突然说话了："她是天上的织女，你只要拿走她的五彩霓裳，她就会做你的妻子。"牛郎悄悄地沿着树丛，悄悄拿走了织女的五彩霓裳。天近午时，其他仙女纷纷穿起五彩霓裳，驾着祥云而去。唯独找不到五彩霓裳的织女留下了。这时，牛郎从树后走出，请求织女做他的妻子，织女见牛郎忠厚老实，勤劳健壮，脉脉含羞地点了点头。

牛郎织女喜结良缘后，男耕女织，互敬互爱。两年后，织女生下一男一女。然而天帝闻知织女下嫁人间，勃然大怒。七月初七，王母奉旨带着天兵天将捉了织女，悲痛欲绝的牛郎在老牛的帮助下，用箩筐挑着儿女追上天去。眼看就要追上了，王母拔下金簪一划，牛郎脚下立刻出现一条波涛汹涌的天河。

肝肠寸断的织女和挑儿女的牛郎，一个在河东一个在河西，遥望对泣，哭声感动了喜鹊。霎时，无数的喜鹊飞向天河，搭起一座鹊桥，牛郎织女终于可以在鹊桥上相会了，王母无奈，只好允许牛郎织女每年的七月初七在桥上相会一次。

026 中秋节的传说

相传，远古时代，天上出现了十个太阳，烤得大地冒烟，海水枯竭，老百姓都很苦恼，生活都没办法继续下去了。这时，一个叫后羿的英雄挺身而出，决定拯救老百姓。他登上昆仑山顶，远足神力，拉开神弓，一口气射下了九个多余的太阳，解救了老百姓。

若干年后，后羿娶了个美丽的妻子，叫嫦娥。一天，后羿到昆仑山访友求道，巧遇由此经过的王母娘娘，便向王母娘娘求得一包不死药，据说服下此药，能即刻升天成仙，然而，后羿舍不得扔下妻子，只好将不死药交给嫦娥珍藏。

不料，此事被后羿的门客蓬蒙看见，蓬蒙等后羿外出后便威逼嫦娥交出不死药，嫦娥知道不是蓬蒙的对手，危急之时当机立断，取出不死药一口吞了下去。嫦娥吞下药后，身体立刻飞离地面，向天上飞去，由于嫦娥牵挂丈夫，便飞落到离人间最近的月亮上成了仙。

后羿回来后，侍女们哭诉了一切。悲痛欲绝的后羿，仰望夜空呼唤爱妻的名字，这时，他惊奇地发现，今天晚上的月亮特别圆，特别皎洁明亮，而且有个晃动的身影酷似嫦娥。后羿忙命人摆上香案，放上嫦娥最爱吃的蜜食鲜果，遥祭在月宫里的嫦娥。百姓们闻知嫦娥奔月成仙的消息后，纷纷在月下摆上香案，向善良的嫦娥祈求吉祥平安。从此，中秋节拜月的风俗便在民间传开了。

027 重阳节的传说

相传在东汉时期，汝河有个瘟魔，每年九月初九都会出来作恶，只要它一出现，家家都有人病倒，天天有人丧命，这一带的百姓受尽了瘟魔的蹂躏。在一场瘟疫中，青年桓景的父母也被夺走了生命，他自己也差点儿丧了命。

桓景病愈之后，他辞别了心爱的妻子和父老乡亲，下定决心出门访仙学艺，为民除掉瘟魔。桓景四处访师寻道，访遍各地的名山高士，终于打听到在东方有一座最古老的山，山上有一个法力无边的仙长。桓景不畏艰险和路途的遥远，在仙鹤的指引下，终于找到了那座高山，找到了那个有着神奇法力的仙长。仙长被他的精神所感动，终于答应收留了桓景，并且教给他降妖剑术，还赠他一把降妖宝剑。桓景每天废寝忘食地苦练，终于练出了一身非凡的武艺。

这一天，仙长把桓景叫到跟前说："明天是九月初九，瘟魔又要出来作恶了，你现在本领已经学成，应该回去为民除害了"。临走前，仙长送给他一包茱萸叶，一盅菊花酒，并且密授辟邪用法，让他赶快骑着仙鹤赶回家去。

在九月初九的早晨，桓景回到了家乡，他按仙长的叮嘱把乡亲们领到了附近的一座山上，发给每人一片茱萸叶，一盅菊花酒，做好了降魔的准备。中午时分，随着几声怪叫，瘟魔冲出汝河，但是瘟魔刚扑到山下，突然闻到阵阵茱萸奇香和菊花酒气，便戛然止步，脸色突变，这时桓景手持降妖宝剑追下山来，几个回合就把温魔刺死在剑下，从此九月初九登高避疫的风俗就年复一年地流传下来了。

Part 4

让我们荡起爱的双桨：胎教儿歌

让我们荡起爱的双桨：胎教儿歌

儿歌中有大量的作品，都是以某方面的知识作题材，可以形象有趣地帮助儿童认识自然界，认识社会生活，开发他们的智力，启迪引发他们的思维和想象能力。例如，儿歌中有介绍山水草木和鸟兽虫鱼的形象、习性和功能的，有描述日月星辰、四季变化的，有介绍浅显的自然和生活常识的，有介绍简单的数目和时间观念的……

001 鲜花开

花园里，鲜花开，鲜花开，
一朵朵，真可爱，真可爱。
一个小黄鹂呀，蝴蝶纷纷飞呀，
飞来飞去多呀多愉快。
小朋友，快快来，快快来，
手拉手，跳起来，跳起来。
多像小蜜蜂呀，也像花蝴蝶呀，
要像鲜花遍呀遍地开。

002 宝宝睡着了

摇啊摇，宝宝快睡觉，
摇啊摇，宝宝快睡觉。
我来亲亲你，乖乖睡睡好，
闭上小眼睛，长呀长得高，
嗯……嗯……宝宝睡着了。
摇啊摇，宝宝快睡觉，
摇啊摇，宝宝快睡觉。
我来亲亲你，乖乖睡睡好，
闭上小眼睛，长呀长得高，
嗯……嗯……宝宝睡着了。

003 小红花

花园里，篱笆下，
我种下一朵小红花。
春天的太阳当头照，
春天的小雨沙沙下。
啦啦啦啦啦，啦啦啦啦啦，
小红花张嘴笑哈哈。
花园里，篱笆下，
我种下一朵小红花。
春天的太阳当头照，
春天的小雨沙沙下。
啦啦啦啦啦，啦啦啦啦啦，
小红花张嘴笑哈哈。

004 一分钱

我在马路边,捡到一分钱，
把他交给警察叔叔手里边，
叔叔拿着钱,对我把头点，
我高兴的说了声：
“叔叔再见！”

005 读书郎

小嘛小儿郎，
背着书包上学堂。
不怕太阳晒也不怕那风雨狂，
只怕那先生骂我懒呐。
没有学问，无脸见爹娘。
没有学问，无脸见爹娘。
小嘛小二郎，
背着书包上学堂，
不为做官也不是为面子光，
只为穷人要翻身呐，
不被人欺负，不做牛和羊。
不被人欺负，不做牛和羊。

006 找朋友

找找找，找朋友
找到一个好朋友
敬个礼，握握手
你是我的好朋友

007 小螺号

小螺号，嘀嘀嘀吹，
海鸥听了展翅飞。
小螺号，嘀嘀嘀吹，
浪花听了笑微微。
小螺号，嘀嘀嘀吹，
声声唤船归喽。
小螺号，嘀嘀嘀吹，
阿爸听了快快回喽。
茫茫的海洋，蓝蓝的海水，
吹起了小螺号，心里美哟。

008 我们多么幸福

我们的生活多么幸福，
我们的学习多么快乐。
晨风吹拂五星红旗，
彩霞染红万里山河。
不论在城市还是乡村，
家家的孩子都去上学。
哈哈，我们的生活多么幸福，
哈哈，我们的学习多么快乐。
勇敢的海燕穿过白云，
我们高高兴兴走进校门。
今天我们跟着老师，
学习科学，学习本领。
明天我们就像小鸟一样，
飞向祖国工矿、农村。
哈哈，我们的生活多么幸福，
哈哈，我们的学习多么快乐。
快乐的节日红旗招展，
我们排着队伍昂首向前。
工人叔叔农民阿姨，
望见我们都露出笑脸。
都说我们建设祖国，
个个都是英雄模范。
哈哈，我们的生活多么幸福，
哈哈，我们的学习多么快乐。

009 雪绒花

雪绒花，雪绒花，
每天清晨欢迎我。
小而白，纯又美，
总很高兴遇见我。
雪似的花朵深情开放，
愿永远鲜艳芬芳。
雪绒花，雪绒花，
为我祖国祝福吧！

010 采蘑菇的小姑娘

采蘑菇的小姑娘，
背着一个大箩筐。
清早光着小脚丫，
走遍树林河山冈。
她采的蘑菇最多，
多得像那星星数不清。
她采的蘑菇最大，
大得像那小伞装满筐。
噻箩箩箩箩哩噻箩哩噻，
噻箩箩箩箩箩哩噻箩哩噻，
噻箩箩哩噻箩箩哩，
噻箩箩哩噻箩箩哩噻，
箩箩箩哩噻。
谁不知那山里的蘑菇香，
她却不肯尝一尝。
盼到赶集的那一天，
快快背到集市上，
换上一把小镰刀，
再换上几块棒棒糖，
和那小伙伴一起，
把劳动的幸福来分享。

011 春天在哪里

春天在哪里呀？
春天在那湖水的倒影里，
映出红的花呀，
映出绿的草，
还有那会唱歌的小黄鹂。
嘀哩哩嘀哩嘀哩哩，
嘀哩哩嘀哩嘀哩哩，
春天在湖水的倒影里，
还有那会唱歌的小黄鹂。

春天在哪里？
春天在那小朋友的眼睛里，
看见红的花呀，
看见绿的草，
还有那会唱歌的小黄鹂。
嘀哩哩嘀哩嘀哩哩，
嘀哩哩嘀哩嘀哩哩，
春天在小朋友眼睛里，
还有那会唱歌的小黄鹂。

012 好朋友

你帮我来梳梳头，
我帮你来扣纽扣。
团结友爱手拉手，
我们都是好朋友。
嘿嘿！
你帮我来梳梳头，
我帮你来扣纽扣。
团结友爱手拉手，
我们都是好朋友。
嘿嘿！

013 丢手绢

丢，丢，丢手绢，
悄悄地放在小朋友的后面，
大家不要告诉他，
快点快点捉住他，
快点快点捉住他。

014 两只老虎

两只老虎，
两只老虎，跑得快，
一只没有眼睛，
一只没有尾巴，
真奇怪！

015 数鸭子

门前大桥下，
游过一群鸭，
快来快来数一数，
二四六七八。
门前大桥下，
游过一群鸭，
快来快来数一数，
二四六七八。
嘎嘎嘎嘎真呀真多呀，
数不清到底多少鸭。

赶鸭老爷爷，
胡子白花花，
唱呀唱着家乡戏，
还会说笑话。
小孩小孩快快上学校，
别考个鸭蛋抱回家。
门前大桥下，
游过一群鸭，
快来快来数一数，
二四六七八。

016 小星星

一闪一闪亮晶晶，
神奇可爱的小星星。
高高挂在天空中，
好象宝石放光明。
一闪一闪亮晶晶，
神奇可爱的小星星。
当那太阳落下山，
大地披上黑色夜影。
天上升起小星星，
光辉照耀到天明。
一闪一闪亮晶晶，
神奇可爱的小星星。

017 小雪花

小雪花，小雪花，
飘在空中像朵花。
小雪花，小雪花，
飘在窗上变窗花。
小雪花，小雪花，
飘在手上不见了。

018 种太阳

我有一个美丽的愿望，
长大以后能播种太阳。
播种一颗，一颗就够了，
会结出许多的许多的太阳。
一颗送给送给南极，
一颗送给送给北冰洋，
一颗挂在挂在冬天，
一颗挂在晚上挂在晚上。
啦啦啦……种太阳。
到那时候，
世界每一个角落，
都会变得，
都会变得温暖又明亮。

019 哆来咪

让我们从头开始来学习，
最好是从这儿起。
学英文必须先念ABC，
学唱歌必须先练习哆来咪。
哆来咪！
哆来咪就从这三个音符学起。
哆来咪，哆来咪，
哆来咪发嗦啦梯。
“哆”是一只小母鹿，
“来”是一束阳光，
“咪”是称呼我自己，
“发”是路程远又长。
“嗦”是穿针引线，
“啦”就是跟在“嗦”后面，
“梯”是茶点味道香，
然后再把哆来唱。

啊、啊、啊、
“哆”是一只小母鹿，
“来”是一束阳光，
“咪”是称呼我自己，
“发”是路程远又长，
“嗦”是穿针引线，
“啦”就跟在“嗦”后面，
“梯”是茶点味道香，
然后再把哆来唱。
哆来咪发嗦啦梯哆~

020 小兔儿乖乖

小兔儿乖乖，把门儿开开。
快点儿开开，我要进来。
不开不开我不开，
妈妈没回来，谁来也不开。
小兔儿乖乖，把门儿开开。
快点儿开开，我要进来。
就开就开我就开，
妈妈回来了，我就把门开。

021 可爱的家

我的家庭真可爱，
美丽清洁又安详；
姐妹兄弟都和气，
父亲母亲都健康。
虽然没有好花园，
月季凤仙常飘香；
虽然没有大厅堂，
冬天温暖夏天凉。
可爱的家庭呀，
我不能离开你，
一切恩惠比天长。

022 小金龟

小金龟呀，圆背甲，
水中游来地上爬，
吃青草，吞小虾，
就怕娃娃来抓它。
小金龟呀，别害怕，
我们盼你快长大，
驮着我们游大海，
采下浪花带回家。

023 小青蛙

我是一只小青蛙，
我有一张大嘴巴，
两只眼睛长得大，
看见害虫我就一口吃掉它。

我是一只小青蛙，
前腿短来后腿长，
土里住来水上爬，
看见害虫我就一口吃掉它。

024 妈妈的吻

在那遥远的小山村，
小呀小山村，
我那亲爱的妈妈已白发鬓鬓。
过去的时光难忘怀，难忘怀，
妈妈曾给我多少吻，多少吻，
吻干我那脸上的泪花，
温暖我那幼小的心。
妈妈的吻，甜蜜的吻，
叫我思念到如今。

遥望家乡的小山村，
小呀小山村，
我那可爱的小燕子可回了家门？
女儿有个小小的心愿，
小小心愿，
再还妈妈一个吻，一个吻，
吻干她那思儿的泪花，

安抚她那孤独的心，
女儿的吻，纯洁的吻，
愿她晚年得欢欣。

025 新年好

新年好呀，新年好呀，
祝贺大家新年好。
我们唱歌，我们跳舞，
祝贺大家新年好。

026 小花狗

一只小花狗，
蹲在大门口，
两眼黑黝黝，
想吃肉骨头。

027 快乐的节日

小鸟在前面带路，
风啊吹向我们。
我们像春天一样，
来到花园里，
来到草地上。
鲜艳的红领巾，
美丽的衣裳，
像许多花儿开放。
跳啊跳啊跳啊！
亲爱的叔叔、阿姨们，
同我们一起过着快乐的节日。

花儿向我们点头，
白杨树哗啦啦地响。
它们同美丽的小鸟，
向我们祝贺，向我们歌唱。
它们都说世界上，
有我们就更美丽，
世界上有我们就更美丽，
跳啊跳啊跳啊！
亲爱的叔叔、阿姨们，
同我们一起过着快乐的节日。

感谢亲爱的祖国，
让我们自由地成长。
我们像小鸟一样，
等身上羽毛长得丰满，
就勇敢地向着高空去飞翔。
飞向我们的理想，
跳啊跳啊跳啊！
亲爱的叔叔、阿姨们，
同我们一起过着快乐的节日。

028 让我们荡起双桨

让我们荡起双桨，
小船儿推开波浪，
海面倒映着美丽的白塔，
四周环绕着绿树红墙。
小船儿轻轻飘荡在水中，
迎面吹来了凉爽的风。
红领巾迎着太阳，
阳光洒在海面上，
水中鱼儿望着我们，
悄悄听我们愉快歌唱。
小船儿轻轻飘荡在水中，
迎面吹来了凉爽的风。

做完了一天的功课，
我们来尽情欢乐，
我问你亲爱的伙伴，
谁给我们安排幸福的生活？
小船儿轻轻飘荡在水中，
迎面吹来了凉爽的风。

029 欢乐的小雪花

风儿把窗开，
雪花飞进来，
轻轻落在我身上，
多呀多可爱。
小雪花呀小雪花，
你从哪里来？

雪花不回答，
要我看窗外，
小朋友们在锻炼，
多呀多愉快。
我也要到雪中去，
锻呀再锻炼。

030 娃哈哈

我们的祖国是花园，
花园里花朵真鲜艳，
和暖的阳光照耀着我们，
每个人脸上都笑开颜。
娃哈哈，娃哈哈，
每个人脸上都笑开颜。

大姐姐你呀快快来，
小弟弟你也莫躲开，
手拉着手呀唱起那歌儿，
我们的生活多愉快。
娃哈哈，娃哈哈，
我们得到生活多愉快。

031 好妈妈

我的好妈妈，下班回到家，
劳动了一天多么辛苦呀！
妈妈妈妈快坐下，
请喝一杯茶，让我亲亲您吧，
我的好妈妈。

032 我叫轻轻

走路轻轻轻轻，
上夜班的阿姨还没醒呀。
敲门轻轻轻轻，
给邻居叔叔送呀送封信。
说话轻轻轻轻，
姐姐灯下看书多用心呀。
大家夸我是好孩子，
给我取个名字叫呀叫轻轻。

033 刷牙歌

小牙刷，手中拿，
我呀张开小嘴巴。
刷左边，刷右边，
上下里外都刷刷。
早上刷，晚上刷，
刷得牙齿没蛀牙。
张张口，笑一笑，
我的牙齿刷得白花花。

034 泥娃娃

泥娃娃，泥娃娃，
一个泥娃娃，
也有那眉毛，
也有那眼睛，
眼睛不会眨。
泥娃娃，泥娃娃，
一个泥娃娃，
也有那鼻子，
也有那嘴巴，
嘴巴不说话。
它是个假娃娃，
不是个真娃娃，
它没有亲爱的妈妈，
也没有爸爸。
泥娃娃，泥娃娃，
一个泥娃娃，
我做它妈妈，
我做它爸爸，
永远爱着它。

035 小小公鸡

小小公鸡喔喔啼，
叫声妈妈早早起。
妈妈起来下田去，
小小公鸡笑嘻嘻。
塞洛里塞洛塞洛塞洛，
小小公鸡笑嘻嘻。
小小公鸡喔喔啼，
叫声爸爸早早起。
爸爸起来工场去，
小小公鸡笑嘻嘻。
塞洛里塞洛塞洛塞洛，
小小公鸡笑嘻嘻。

036 小红帽

我独自走在郊外的小路上，
我把糕点带给外婆尝一尝。
她家住在又远又僻静的地方，
我要当心路上是否有大灰狼。
当太阳下山冈，
我要赶回家，
同妈妈一同进入甜蜜梦乡。

037 谁会这样

谁会飞呀，鸟会飞。
鸟儿鸟儿怎样飞？
拍拍翅膀飞呀飞。
谁会游呀，鱼会游。
鱼儿鱼儿怎样游？
摇摇尾巴点点头。
谁会跑呀，马会跑。
马儿马儿怎样跑？
四脚离地身不摇。

038 下雨了

嘀嗒！嘀嗒！
下雨了，下雨了。
嘀啦！嘀啦！
小种子，张开了。

一滴雨，两滴雨，
甜甜的雨，
美丽的雨，
喝得小种子长胖了，
嘀嗒！嘀嗒！

下雨了，下雨了。
嘀啦！嘀啦！
小花苞，笑开了。
一滴雨，两滴雨，
晶亮的雨，
温暖的雨，
洒得小花苞更美了。

039 卖报歌

啦啦啦！啦啦啦！
我是卖报的小行家，
不等天明去卖报，
一面走，一面叫，
今天的新闻真正好，
七个铜板就买两份报。
啦啦啦！啦啦啦！
我是卖报的小行家，
大风大雨里满街跑，
走不好，滑一跤，
满身的泥水惹人笑，
饥饿寒冷只有我知道。
啦啦啦！啦啦啦！
我是卖报的小行家，
耐饥耐寒地满街跑，
吃不好，睡不好，
痛苦的生活向谁告，
总有一天光明会来到。

040 小鸟小鸟

蓝天里有阳光，
树林里有花香，
小鸟小鸟，
你自由地飞翔。
在田野，在草地，
在湖边，在山冈，
小鸟小鸟迎着春天歌唱，
啦啦啦啦啦！
爱春天，爱阳光，
爱湖水，爱花香，
小鸟小鸟，
我的好朋友，
让我们一起飞翔一起歌唱，
一起飞翔歌唱，
啦啦啦啦啦！

041 小蜜蜂

嗡嗡嗡，嗡嗡嗡，
大家一起勤劳动。
来匆匆，去匆匆，
走得兴味浓，
春暖花开不做工，
将来哪里好过冬？
嗡嗡嗡，嗡嗡嗡，
不学懒惰虫。

042 小篱笆

微风吹过小篱笆，
把春天送到我的家，
太阳出来天气暖，
青青的草儿发嫩芽，
野外的小河流水啦，
篱笆的积雪融化啦。
啦啦啦啦啦啦啦，
啦啦啦啦啦啦啦。
我家那个小篱笆，
如今爬上牵牛花，
风一吹来它一摆，
好像那美丽的小喇叭，
轻轻地摘下一朵来，
放在嘴上吹吹它。
嘀嘀嘀嘀嘀嘀嗒，
嘀嘀嘀嘀嘀嘀。

043 小妹妹早早起

小妹妹，早早起，
早呀早早起，
叠好被子穿好衣，
穿呀穿好衣。
亚克西，亚克西，
亚克西，亚克西！
牙齿刷得干干净，
干呀干干净，
手儿脸儿自己洗，
自己洗，
亚克西，亚克西，
亚克西，亚克西！

044 劳动最光荣

太阳光金亮亮，雄鸡唱三唱，
花儿醒来了，鸟儿忙梳妆。
小喜鹊造新房，
小蜜蜂采蜜糖，
幸福的生活从哪里来？
要靠劳动来创造。
青青的叶儿红红的花，
小蝴蝶贪玩耍。
不爱劳动不学习，
我们大家不学它。

要学喜鹊造新房，
要学蜜蜂采蜜糖，
劳动的快乐说不尽，
劳动的创造最光荣！

045 国旗多美丽

国旗国旗多美丽，
天天升在朝霞里。
小朋友们爱祖国，
向着国旗敬礼，敬个礼。
国旗国旗多美丽，
五颗星星照大地。
祖国前进我长大，
我向国旗敬礼，敬个礼。

046 小小螺丝帽

路边有个螺丝帽，
弟弟上学看见了。
螺丝帽虽然小，
祖国建设不可少。
捡起来，瞧一瞧，
擦擦干净多么好。
送给工人叔叔，
把它装在机器上，
嗨！机器唱歌我们拍手笑。

047 小小少年

小小少年，很少烦恼，
眼望四周阳光照。
小小少年，很少烦恼，
但愿永远这样好。
一年一年时间飞跑，
小小少年转眼高。
随着年岁由小变大，
他的烦恼增加了。

小小少年，很少烦恼，
无忧无虑乐陶陶。
但有一天，风波突起，
忧虑烦恼都来了。
一年一年时间飞跑，
小小少年转眼高。
随着年岁由小变大，
他的烦恼增加了。

048 小白船

蓝蓝的天空银河里，
有只小白船；
船上有棵桂花树，
白兔在游玩。
桨儿桨儿看不见，
船上也没帆，
飘呀飘呀，
飘向西天。
渡过那条银河水，
走向云彩国；
走过那个云彩国，
再向哪儿去？
在那远远的地方，
闪着金光，
晨星是灯塔，
照呀照得亮。

049 听妈妈讲那过去的事情

月亮在白莲花般的云朵里穿行，
晚风吹来一阵阵快乐的歌声，
我们坐在高高的谷堆旁边，
听妈妈讲那过去的事情。
那时候，妈妈没有土地，
全部生活都在两只手上。
汗水流在地主火热的田野里，
妈妈却吃着野菜和谷糠。

冬天的风雪狼一样嚎叫，
妈妈却穿着破烂的单衣裳。

她去给地主缝一件狐皮长袍，
又冷又饿跌倒在雪地上。
经过了多少苦难的岁月，
妈妈才盼到今天的好光景。

050 好孩子要诚实

小花猫喵喵叫，
是谁打碎花瓶了？
妈妈没看见，爸爸不知道，
小花猫对我叫，
喵！喵！喵！

小花猫你别叫，
是我打碎花瓶了。
好孩子要诚实，有错要改掉，
小花猫对我叫，
喵！喵！喵！

051 洋娃娃和小熊跳舞

洋娃娃和小熊跳舞，
跳呀跳呀，一二一。
他们在跳圆圈舞呀，
跳呀跳呀，一二一。
小熊小熊点点头呀，
点点头呀，一二一。
小洋娃娃笑起来啦，
笑呀笑呀，哈哈哈。
洋娃娃和小熊跳舞，
跳呀跳呀，一二一。
我们也来跳个舞呀，
跳呀跳呀，一二一。

Part 5

船儿摇到外婆桥：胎教童谣

船儿摇到外婆桥：胎教童谣

童谣的思想性比较强，具有潜移默化的作用，一首好的童谣能让幼儿认识真善美和假恶丑，提高道德情操。如教育幼儿使用文明礼貌用语，就可以学习这个童谣：好孩子，懂礼貌，礼貌用语记心头。见面互相问“早”“好”，称呼长辈要用“您”，要人帮助先说“请”，告别分手讲“再见”，向人道歉“对不起”，别人道谢说声“没关系”。小小童谣的内容特别丰富，如果每个孩子都能背上几首这样的童谣，都会变成讲文明、懂礼貌的好孩子。

001 葡萄

葡萄藤，向上爬，
叶儿爬得绿满架。
吐出穗，开了花，
长出葡萄圆又大。
小娃娃，摘不下，
想吃葡萄喊妈妈。

002 小猫

聪明的小猫，
跳到杨树梢。
轻声细语唱起来，
先唱鱼，后唱虾，
再唱公鸡和青蛙。
老虎听见要猫教，
树上小猫摇摇头，
老虎气得蹦蹦跳，
树上小猫哈哈笑。

003 一双小小手

我有一双小小手，
一只左、一只右。
我有一双小小手，
共有十个手指头。
我有一双小小手，
会穿衣，会梳头，
能洗脸，能漱口，
自己动手不用愁。

004 五指歌

一二三四五，
上山打老虎。
老虎没打到，
见到小松鼠。
松鼠有几只？
让我数一数。
数来又数去，
一二三四五。

005 金鱼

鱼鳞闪闪真亮丽，
眼睛圆圆大肚皮，
摇头摆尾张开嘴，
游来游去好欢喜。

006 贺新年

新年到，放鞭炮，
噼哩啪啦真热闹。
耍龙灯，踩高跷，
爷爷乐得胡子翘。
包饺子，蒸甜糕，
奶奶笑得直弯腰。

007 排排坐

排排坐，吃糖果，
幼儿园，朋友多。
你一个，我一个，
大的分给你，
小的留给我。

008 卖豆腐

哪边高？这边高。
哪边矮？这边矮。
一锅豆腐十二块。
嫩豆花，做好菜，
今天做，明天卖。

009 月亮姐姐

天上星星做体操，
月亮姐姐来领操。
伸伸手，弯弯腰，
弯了腰，弯了腰，
月亮姐姐变成大香蕉。

010 蜗牛

蜗牛背着小房子，
慢慢悠悠串门子，
忽然雷鸣下大雨，
蜗牛挺着小肚子，
大雨来了我不怕，
我会躲进小房子。

011 过端阳

五月五，过端阳。
桃儿红，杏儿黄
门插艾，满堂香。
粽子香，包五粮。
吃粽子，洒白糖。
赛龙舟，喜洋洋。

012 洗洗手

小朋友，笑盈盈，
小脸盆，水清清，
小手儿，伸出来，
小小手，白又嫩，
洗一洗，白又净，
吃饭前，洗洗手，
干干净，香喷喷，
好习惯，要养成，
讲卫生，不得病。

013 小白兔

小白兔，白又白，
两只耳朵竖起来，
爱吃萝卜和青菜，
蹦蹦跳跳真可爱。

014 小燕子

小燕子，好灵巧，
一会低，一会高，
尖尖尾巴像剪刀。
小燕子，飞得高，
身上带把小剪刀。
上天剪散白云朵，
下河剪碎碧水波，
剪块泥巴搭鸟窝，
剪根树枝当枕头，
剪片树叶当被子，
燕儿睡得真暖和。

015 骆驼

腿儿长长脖子弯，
身上背着两座山。
膝盖上面有软垫，
大脚掌儿分两半。
眼睛外面挂窗帘，
鼻孔有门能开关。
冬天翻穿大皮袄，
夏天又把单衣换。
一次吃饱水和草，
几天不饿口不干。
背上重担走沙漠，
不怕烈日和风寒。
它的名字叫骆驼，
号称“沙漠里的船”。

016 真奇怪

奇怪奇怪真奇怪，
蚂蚁踩死大公鸡，
宝宝会唱摇篮曲，
爸爸睡在摇篮里。

017 小手绢

小手绢儿四方方，
天天都要带身上。
能擦鼻涕能擦汗，
干干净净真好看。

018 蚂蚁

蚂蚁蚂蚁做游戏，
全身弄得脏兮兮。
小雨滴里滚一滚，
游泳洗澡二合一。

019 大蜻蜓

四支翅膀长又长，
一对眼睛亮晶晶，
飞一飞，停一停，
飞来飞去捉蚊蝇。

020 小鸭子

小鸭子穿黄衣裳，
扁扁嘴巴红脚掌。
嘎嘎嘎嘎高声唱，
一摇一摆下池塘。

021 一只小蜜蜂

一只小蜜蜂呀，
飞到花丛中呀，飞呀，吃呀。
二只小老鼠呀，
跑到粮仓里呀，钻呀，吃呀。
三只小花猫呀，
去抓小老鼠呀，追呀，跑呀。
四只小花狗呀，
去找小花猫呀，玩呀，乐呀。
五只小山羊呀，
爬到山坡上呀，爬呀，累呀。
六只小鸭子呀，
跳到水里面呀，游呀，叫呀。
七只小百灵呀，
站在树枝上呀，唱呀，跳呀。
八只小孔雀呀，
穿上花衣裳呀，美呀，乐呀。
九只小白兔呀，
竖起长耳朵呀，蹦呀，跳呀。
十个小朋友呀，
一起手拉手呀，笑呀，乐呀。

022 花瓣船

一片小花瓣，
飘落池水中，
蚂蚁爬上去，
当它是小船。
小船真好看，
小船飘香气，
蚂蚁驾着它，
乘风随波流。

023 伞花花

小雨点，织银帘，
飘飘洒洒挂满天。
小朋友，上学去，
一路撑开伞花花。
花花伞，伞花花，
雨儿落下开小花，
过小巷，蹬石板，
伞儿飘到校门前。

024 鸡公公

鸡公公，挺起胸，
吹牛一口吃个龙。
大家问它什么龙？
原来是条毛毛虫。
大家乐得捂嘴笑，
羞得鸡公冠子红。

025 蜘蛛

小蜘蛛，吐银线，
扯银线，荡秋千。
荡得高，接屋檐，
荡得低，挨窗前。
线儿条条结成网，
捉住小虫放嘴边。

026 柳荫

湖边柳条垂下来，
连成一把大绿伞，
叔叔伞下下象棋，
阿姨伞下看报刊，
爷爷伞下举钓竿，
奶奶伞下教儿歌，
我在伞下学儿歌，
柳荫真是好地方，
伴咱度过大热天。

027 鹅大哥

鹅大哥，鹅大哥，
大红帽子白围脖，
摇摇摆摆上山坡。
请你过来坐一坐，
让我问问你，
哦呜！哦呜！
唱的什么歌。

028 萤火虫

两只萤火虫，
出门找外公。
东飞飞，西飞飞，
一起飞进草丛中。
一个说：我要歇歇脚。
一个说：我要睡睡觉。
两只萤火虫，
睡到东方红。
外公没找到，
急得气冲冲，
只怨自己是懒虫。

029 小雪人

小雪人，白胖胖，
大眼睛，高鼻头，
头上戴顶小红帽，
脖上套个花花巾，
哎呀呀，哎呀呀，
萝卜头，哪去了，
准是淘气小白兔，
一口咬掉逃跑了。

030 猴子抬馒头

热馒头，装竹篓，
两只猴，抬着走。
瘦猴儿，眼边走，
胖猴儿，在后头。
抬上坡，抬过沟，
抬回家，成空篓。
瘦猴儿，皱眉头，
馒头呢，问胖猴，
胖猴笑，拍拍肚，
在里面，全没丢！

031 猫咪的胡子

我说小猫不像话，
翘着胡子装爸爸。
小猫趴到我耳边，
跟我说句悄悄话。
没有胡子像娃娃，
老鼠见了都不怕。

032 好看的花儿

花园里面花儿开，
红的白的齐齐开，
花儿好看我不摘，
大家都说我真乖。

033 红绿灯

大马路呀宽又宽，
警察叔叔中间站，
红灯亮了停一停，
绿灯亮了往前行。

034 拍手歌

你拍一，我拍一，
天天早起练身体。
你拍二，我拍二，
天天都要带手绢。
你拍三，我拍三，
洗澡以后换衬衫。
你拍四，我拍四，
消灭苍蝇和蚊子。
你拍五，我拍五，
有痰不要随地吐。
你拍六，我拍六，
瓜皮果屑不乱丢。
你拍七，我拍七，
吃饭细嚼别着急。
你拍八，我拍八，
每天洗脸又刷牙。
你拍九，我拍九，
饭前便后要洗手。
你拍十，我拍十，
公共卫生要保持。

035 小青蛙

小青蛙，叫呱呱，
哭着喊着找妈妈。
燕子哄，蜻蜓劝，
一起说着告诉他。
你的妈，我的妈，
田间捉虫护庄稼，
现在我们一起玩，
长大可以学妈妈。

036 睡午觉

放平小枕头，
盖好小花被。
小枕头，小花被，
和我一起睡午觉，
看谁先睡着。

037 螃蟹

螃蟹螃蟹真骄傲，
横着身子到处跑，
吓跑鱼，撞倒虾，
一点也不懂礼貌

038 雨儿下

雨儿哗哗下，
庄稼笑哈哈。
麦子长得高，
麦粒比拳大，
磨成面，用车拉，
烙个油饼车轱辘大。

039 小木盆

小木盆，圆又圆，
坐上木盆下西淀，
摘来莲蓬一串串，
剥莲子，做香饭，
先给爸妈盛一碗。

040 种西瓜

小娃娃，上南洼，
刨个坑，种西瓜。
先长叶，后开花，
结个瓜，圆又大，
小娃娃，笑哈哈。

041 雁

雁雁雁雁排长队，
后面跟个小妹妹。
雁哥哥，等等妹，
雁妹妹，快点追，
大家团结好，
谁也不掉队。

042 好孩子

小孩子，卷袖子，
帮助妈妈扫屋子，
擦桌子，擦椅子，
擦亮地板像镜子，
地板照出小孩子。
小孩子，卷袖子，
忙得满头汗珠子。

043 捉迷藏

太阳找月亮，
月亮云里藏。
月亮找太阳，
太阳下山岗。
一个夜里隐，
一个白天藏，
月亮和太阳，
最爱捉迷藏。

044 熊妈妈请客

小熊妈妈要请客，
各种美味摆一桌。
小熊小熊真是馋，
踩着椅子上了桌。
边吃菜，边吃馍，
直夸鱼汤最好喝。
扔了勺，翻了锅，
盘子摔了一大摞。
熊妈妈，皱眉头，
客人来了吃什么？

045 虫儿歌

什么虫儿嗡嗡嗡？
蜜蜂飞来嗡嗡嗡，
什么虫儿提灯笼？
萤火虫儿提灯笼，
什么虫儿爱跳舞？
美丽蝴蝶爱跳舞，
什么虫儿吃害虫？
花花蜻蜓吃害虫。

046 鸵鸟

小鸵鸟，长的高，
猎人来了就胆小，
两腿发软跑不了，
只好把头埋土里，
屁股翘得半天高。
猎人一枪就打中，
痛得鸵鸟哇哇叫。

047 数蛤蟆

一个蛤蟆一张嘴，
两只眼睛四条腿，
扑通一声跳下水。
两个蛤蟆两张嘴，
四只眼睛八条腿，
扑通扑通跳下水。

048 割青草

山羊山羊你别叫，
我去给你割青草，
来到山前看见草，
想起忘了带镰刀！
回家取完小镰刀，
又丢下了大草帽，
回家拿来大草帽，
又把篮子落下了。
白白跑了三四趟，
也没割来一把草。

049 摇摇摇

摇摇摇，摇摇摇，
摇到外婆桥。
外婆叫我好宝宝，
给我糖一包，
给我果一包，
少吃滋味多，
多吃滋味少。

050 月亮和星星

月亮月亮是妈妈，
星星星星是娃娃。

月亮嘴巴笑一笑，
星星眼睛眨一眨。

月亮好，好妈妈，
星星好，好娃娃。

051 小猫捉老鼠

小猫回了外婆家，
老鼠知道乐呵呵，
大摇大摆走出洞，
偷米偷油偷糍粑。

小猫忽然冲进来，
一口咬住长尾巴，
原来小猫没有走，
躲在门外舔小爪。

052 冬奶奶

冬奶奶，来得忙，
匆匆来到小河塘。
到了河塘变魔术，
挥手安上玻璃窗。
鱼儿住进水晶宫，
不怕风吹不受凉。

053 小熊过河

小木桥，摇摇摇，
小熊今天要过桥。
走不稳，站不牢，
走到桥上心乱跳。
乌鸦头上哇哇叫，
流水桥下哗哗笑。
“妈妈，妈妈你快来，
快把小熊抱过桥！”
河里鲫鱼跳出水，
对着小熊大声叫：
“小熊，小熊不要怕，
眼睛向着前面瞧！”
一二三，向前跑，
小熊过桥回头笑，
鲫鱼乐得尾巴摇。

054 跟着外婆响叮当

外婆唱歌我唱歌，
瓦刀铁盆也唱歌，
前院唱完唱后院，
院里院外响叮当。
外婆挥刀闪亮光，
我端铁盆满泥浆，
踩在台阶不太稳，
填点石片不再晃。
敲敲门框有点松，
抹上沙泥硬邦邦，
风吹雨打掉了皮，
瓦刀唱着来补墙。
补了前院花栏架，
又补后院小花房，
鸡窝猪圈查一遍，
抹层新泥平又光。
叮叮当，叮叮当，
外婆忙得喜洋洋，
常修常补常保护，
就能长年累月强。

055 朋友勾勾手

小猫小猫找朋友，
见到小狗勾勾手；
伸出手，勾勾手，
小猫跟着小狗走。

小狗小狗找朋友，
见到小猪勾勾手；
伸出手，勾勾手，
小猪跟着小狗走。

找朋友，伸出手，
勾勾手，勾勾手；
小猫小狗和小猪，
大家成为好朋友！

056 多吃蔬菜身体好

小白菜，绿油油，
大萝卜，白胖胖，
长茄子，圆溜溜，
西红柿像灯笼，
黄瓜一咬脆生生，
多吃蔬菜身体好，
茁壮成长少生病。

057 堆雪人

小朋友，堆雪人，
圆圆脸儿胖墩墩。
大雪人，好神气，
站在院里笑咪咪。
不怕冷，不怕冻，
我们一起做游戏。

图书在版编目（CIP）数据

最精彩的胎教故事：准爸爸讲故事，准妈妈读童谣/夏秀娟主编.—北京：中国人口出版社，2012.10
ISBN 978-7-5101-1412-0
Ⅰ.①最… Ⅱ.①夏… Ⅲ.①儿童故事-作品集-世界②儿歌-作品集-世界 Ⅳ.①I18
中国版本图书馆CIP数据核字（2012）第235941号

故事充满 趣味性、哲理性
故事胎教 最生动、最有效

最精彩的胎教故事：
准爸爸讲故事，准妈妈读童谣
夏秀娟 主编

出版发行 中国人口出版社
印　　刷 北京睿特印刷厂大兴一分厂
开　　本 710毫米×1020毫米　1/16
印　　张 12
字　　数 120千
版　　次 2012年12月第1版
印　　次 2012年12月第1次印刷
书　　号 ISBN 978-7-5101-1412-0
定　　价 26.80元

社　　长 陶庆军
网　　址 www.rkcbs.net
电子信箱 rkcbs@126.com
电　　话 (010)83519390
传　　真 (010)83519401
地　　址 北京市宣武区广安门南街80号中加大厦
邮　　编 100054